U0071800

GAEA

Gaea

王大明，
你的蛋蛋快死了

上課不要生小孩

作者 九把刀 Giddens
插畫 Blaze Wu

上課不要生小孩

目錄

第一章／寰宇蒐奇驚世博物館 …… 5
第二章／第44屆北台灣歪不幸大賽 …… 55
第三章／《獵命師傳奇》15之序之男 …… 127
第四章／紅山大旅舍AGAIN！ …… 181

CHAPTER 1

寰宇蒐奇驚世博物館

01

大家好久不見，我是王大明，只要是九把刀的讀者都聽說過我。

爲了歡迎新讀者，自我介紹我還是樂此不疲。

我，王大明，是九把刀唯一的助手，負責幫他回男讀者的信，上天下海蒐集靈感與題材。所有關於男讀者的一切需求都是我的工作範圍，但除了吃飯跟搭車可以實報實銷外，九把刀沒有給我夠多的錢，不過交換條件啦，九把刀會把我幫他打工的奇怪經歷寫成書，還一連寫了三本！分別是《上課不要看小說》、《上課不要烤香腸》，還有《上課不要打手機》，拿到的版稅就分給我一半，勉勉強強夠我吃土。

很多讀者都會趁九把刀辦簽書會時，坐在他旁邊問——王大明到底是不是眞的人啊？

九把刀每次都會科科科笑說：「幹你白痴喔，王大明當然是唬爛的啊！你看我像是那種只回女讀者信的人嗎？」

我都會在角落裡冷笑，會問出這種低能問題的讀者肯定都沒有好好看九把刀的小說，幹，九把刀寫了七十幾本書，他的爲人還不夠清楚嗎？就是一個習慣性拖稿、愛亂開新系列、吹了半天還是不寫《獵命師》續集、動不動就拿睪丸出來發誓、講話下流沒品的好色之徒！

說了這麼多爛人九把刀的壞話，幫他打工的我豈不是爛上加爛？

不，我完全是看上了九把刀的周遭總是不斷發生各種怪事，秉持著「替身使者會彼此吸引」的怪事碰撞法則，爲了揭開我爸爸被溶解之謎（請去買「上課不要」系列，謝謝），這才勉爲其難待在九把刀身邊，一邊賺錢，一邊追緝當年溶解我爸爸的神祕凶手。

你手中拿的這本《上課不要生小孩》就是我這幾個月的活命錢。

感謝你的贊助，而今天的故事，得從我屁股下面這顆大蛇蛋開始說起。

「所以，坐在你屁股下的大蛇蛋，就是你跟那個蛇精打砲打出來的啊？」

還躲在天橋下紙箱國裡等抓不知名夢中怪物的九把刀，正坐在紙箱裡用筆電回覆女讀者的信，他一邊打字一邊科科科笑的樣子眞的很下流。

「對，是我們愛的結晶。」我憐愛地感受從屁股下面傳來的溫熱。

關於蛇精，關於蛋，前情提要是有點複雜，讓我快速抄一下前兩本書的內容……

從前從前，有一條在花蓮深山修煉千年的大蛇，跑到人間大開吃戒，首先吃了我一個好朋友阿祥，再變成了阿祥的模樣，我叫牠阿祥2.0。因緣際會，阿祥2.0立志要成爲一個堂堂正正的人類，於是從那時起跟我一起生活。後來阿祥2.0吃了越來越多人，其中還包括一群很變態的外星人，牠將吃過的基因在胃裡重新排列組合，並參考我最喜歡的ＡＶ女優椎名素子的模樣，輕而易舉變成她的面容，所以我後來都改叫她素子。

素子太美了，我天天跟素子瘋狂做愛，越做越愛，不知不覺從肉體的關係昇華成眞正的男女情感，雖然中間有一段灰色時期素子搞不清楚狀況，不幸跟兩個骯髒的男人……陰險文青跟金毛王都打了砲，但最後還是跟我，跟我，是跟我……生下了這顆蛋，作爲我們愛的證明。

後來外星人大舉來台，上天下海要追殺素子，素子只好躲進火焰時光機，燃燒成灰燼，化整爲零逃往了明朝嗚嗚嗚嗚……

一想到素子離開以後，我又回到了不斷打手槍的淒慘歲月，不禁悲從中來。

「什麼時候會孵出來？」九把刀打了一個大呵欠。

「我哪知道，沒有前例可循啊。」我擦去眼淚。

素子逃到五百年前的明朝，我就只剩下這顆大蛇蛋了。

不管我到哪裡都帶著它，它的大小跟小型抱枕差不多，加上殼很硬，我常常坐在上面玩手機，搖來搖去也不會破。睡覺時就屈膝抱著，感受素子隱隱約約殘留在蛋殼上的溫度。

「前前後後孵了多久？」九把刀回信回得無精打采。

「超過一年了。」我有點得意。

「一年！」

九把刀好像嚇了一跳，這才放下正在造孽的筆電，跨出了紙箱走過來。他蹲下，摸摸我屁股下的蛋，嘖嘖：「一年了，滿久的耶，一點動靜也沒有嗎？」

我挪開屁股，讓九把刀看個清楚。

「該不會被你孵到嗝屁了吧？」九把刀呵呵亂講一通。

「絕對不會。雖然它殼超厚，但我把它拿高高，對著中午的大太陽看，可以稍微看到裡面的微血管還是紅色的什麼液體，總是就是活的東西。」我開始解釋：「把耳朵放在蛋殼上面聽，如果周遭都很安靜的話，還可以聽到蛋裡面有很奇怪的……某種小小的聲音。」

「是喔。」九把刀把耳朵貼在蛋殼上。

「是不是很像一種你有聽過的聲音？」我充滿期待。

「……眞的有耶，斷斷續續的，好像打嗝？」九把刀瞪大眼睛。

「對，是小蛇精在裡面打嗝。」我閉著眼睛，想像有一個小小的素子在裡面打嗝的可愛模樣。

「還有一點臭臭的。」九把刀的鼻子用力抽動。

「因爲我常常用屁股孵蛋，應該是我肛門的味道吧。」我呵呵，不經意陷害到九把刀總是很棒的感覺，我情不自禁落井下石：「而且我在孵蛋的時候一直放屁，因爲我最近肉吃很多，所以都是臭屁，一放出來就感覺到屁眼附近熱熱的等級。」

九把刀搖搖頭，又仔細聞了聞蛋：「不是喔，好像不是肛門那種的賽味。」

我有點疑惑，不知道九把刀到底在說什麼，難道是不甘心聞到我的肛味，在那邊假裝富有研究精神嗎？

九把刀繼續仔細聞蛋，我開始動搖了。

「是狐臭。」九把刀眉頭一皺。

「狐臭？」我接過蛋，換我聞了起來。

這麼仔細一聞……的確，有一股狐臭壓過了肛味。

「而且狐臭不是附著在蛋殼上面，是從蛋裡面散發出來的。」九把刀信誓旦旦地說：「好像蛋裡面孕育的，不是一個人，也不是一條蛇，而是一個巨大的腋下。」

雖然九把刀是個比喻很爛的爛人，但這次不得不承認，那股可怕的狐臭的確是從蛋深處發出來的，而且一旦意識到了狐臭的存在，那股狐臭就越來越濃，瞬間令我想吐。

「以前跟你在一起修幹的那條蛇精有那麼臭嗎？」九把刀皺眉，研究著蛋。

「記得素子剛剛吃完人，是會打一些充滿屍臭的嗝沒錯，但平常素子沒什麼味道啊。」我忿忿不平地反駁：「拜託，素子很好幹，而且很香好不好！」

「這樣的話……我猜……」

「到底怎樣！」

九把刀在天橋下的廢棄紙箱堆裡找到一把小梯子，捧著大蛇蛋走上去。

「我只是亂猜，雖然這方面我一向猜得很準。」九把刀站在小梯子上，將蛋高高舉起：「這個蛋早就過了正常孵化的時間！」

九把刀的姿勢很危險啊，我大叫：「你不要亂搞我的蛋啊！」

只見那爛人鳥都不鳥我，反而鬆開手，隨便把蛋摔在地上……

咚隆！

蛋沒破，地板倒是裂開了。

我嚇傻了，趕緊把蛋緊緊抱在懷裡。

「一年了ＯＫ？這顆蛋裡面不管是人是蛇，都已經孵化完畢，牠根本就困在蛋裡面大便尿尿，不然怎麼會那麼臭？而且還是那麼特殊的狐臭。」九把刀哼哼。

「少在那邊亂講！」我反駁的時候，聲音竟然在顫抖。

「聽好了王大明。」九把刀站在小梯子上，睥睨著我：「如果你沒有快點找到方法把蛋孵化出來，這顆蛋，就會死。」

「少在那邊亂講……別想騙我！」我嚇得魂不附體。

「王大明，用你微弱的智商想一想，蛋裡面那個很像打嗝的聲音，可能不是打嗝。」

「那……那是什麼？」

「是求救。」

我呆住了。

這個猜測也太跳躍了吧，根本毫無根據啊！

「沒有人知道蛇精的蛋要怎麼孵化，或是孵化多久，說不定蛇精本人也不知道吧，畢竟這顆蛋的原料，除了蛇卵，就是人類的臭洨。跟你說的一樣啊，沒有前例可循。」九把刀好像很喜歡站在高高的梯子上演講：「但可以確定的是，這顆蛋很臭，不管裡面住了什麼東西，他都快被自己的大便跟尿水熏死了，或是被腐爛的蛋液包圍太久，變成了浮屍。身爲人跟蛇的雜交產物，在基因上就是亂湊出來的一坨屎，蛇精的基因可能很棒，但你的洨就爛多了，被你的基因一拖累，他的體質一定很虛弱，沒辦法靠自己的力量出來，繼續拖下去……」

我呆住了：「他就永遠出不來了！」

怎麼辦！九把刀的胡說八道好像很有道理！

我趕緊拿起蛋用力往天橋下的大柱子一砸，蛋沒破，柱子卻震裂出好多灰粉。

我又把蛋拿去附近的便利商店微波，微波了半小時，蛋殼連一點焦黑都看不見。

我拿鐵鎚拚命打蛋，蛋卻一動也不動，我的手腕倒是反震得好痛。

我跑到附近正在挖捷運的施工現場，拜託正在午間休息的工人用電鑽破蛋，但電鑽鑽了老半天，工人們罵超過一百次幹你娘咧蛋還是好好的！

試了很多方法把蛋打開，都沒有辦法。九把刀難道不是在危言聳聽？如果殼超硬，蛋裡面的小蛇精，要怎麼靠自己的力量掙脫出來？

當我從捷運施工處抱蛋歸來時，九把刀正在吃泡麵。

泡麵很香，還是滿漢大餐的，但我一點也沒有胃口。

「怎辦？」我六神無主地抱著人妖蛋：「老闆，拜託你救救我的孩子……」

「你已經夠白痴了，但你可以選擇當一個慌慌張張的白痴，還是一個冷靜的白痴。」九把刀大口吃著泡麵，滿不在乎地說：「遇到問題，答案越直接越好，來，從現在開始你用直覺快速回答問題，培養一下感覺。東西掉在地上，怎辦？」

「是什麼東西？」我抓抓頭。

「不要問是什麼東西！」九把刀翻白眼。

「不是啊，如果是鑰匙掉在地上就撿起來，玻璃杯掉在地上就要拿掃把掃因爲一定碎掉啊，如果……」

「靠用直覺！快速回答！東西掉在地上，怎辦！」

「撿起來？」我疑惑。

「對。1234乘以5678等於多少？」

「等等，我要算一下。」

「錯！」九把刀大吼：「不要回答這種廢物答案，要更直覺！用直覺全力以赴！」

「那……找計算機按按看？」我神經緊繃。

「就是這樣，不要用腦，用直覺！現在想吃麵怎辦？」九把刀繼續追問。

「去買麵。」我開始進入狀況了。

「想看ＮＢＡ打現場，怎辦？」

「去美國。」

「突然想尿尿怎辦？」

「去廁所。」

「想割包皮怎辦？」

「去醫院割。」

「現在想吃茶葉蛋怎辦？」

「去便利商店買。」

「半夜也想吃茶葉蛋怎辦？」

「也是去便利商店買。」

「妹妹跟你最好的朋友上床了怎辦？」

「我沒有妹妹。」

「國內買不到口罩怎辦？」

「進口啊。」

「什麼是自經區？」

「高雄發大財。」

「有一顆蛇蛋孵不出蛇，怎辦？」

「找一條蛇來孵。」

九把刀笑笑看著我，我肯定是一臉恍然大悟啊！

蛇蛋，不就是要蛇來孵嗎？我可以試試看找一條大蛇孵孵看啊！

我茅塞頓開，在這一秒之前我怎麼沒想過這麼簡單的道理！

不過我要去哪裡找一條……我看著手中像保齡球一樣大的人妖蛋。

到底？到底去哪找一條超級大蟒蛇來孵這顆有夠大的大蛇蛋啊？

「老闆，你有讀者正好在木柵動物園當管理員嗎？」我快下跪了。

「全世界每一間動物園都有我的讀者，如果大猩猩識字的話，也會是我的讀者。」九把刀貪婪地吃著泡麵，不知道哪來的自信。

「那……」我囁嚅。

「那什麼？你是想拜託管理員偷偷把關蟒蛇的蛇籠打開，讓你把蛋放進去，把蛋孵出來對吧？」九把刀科科怪笑：「哪需要這麼麻煩，要大蟒蛇嘛嘻嘻……」

「你不要跟我說你的老二就是大蟒蛇……」我握緊拳頭。

我的寶貝蛋命在旦夕，我現在，開不起這種低俗無聊的玩笑啊！

九把刀嘴巴含著筷子，搖頭晃腦打開電腦，給我看一個讀者的來信。

刀大你好，還記得我嗎？雖然我常常去簽書會，但你一定不記得，因爲你心中只有女讀者對吧！我當然不怪你，色字頭上九把刀的那個刀大才是我認識的刀大！言歸正傳，刀大，你每一本書我都買了，而且每一次改版我都有蒐集，每換一次封面我就買一次，不誇張，《那些年》我看了十三次，你劈腿被抓包以後我還是不離不棄，《報告老師怪怪怪怪物》賣那麼爛我更看了二十一次，我眞的很支持你，你想賺的每一次錢我都有乖乖掏給你了，其實你劈腿被抓包以後我就一直暗爽，佔據你回信大部分時間的女讀者一下子銳減，這樣吼，你看到我來信的機率就更大了……廢話不多說！刀大！我有一件事必須請你幫忙！攸關性命，一定要你本人！不要王大明！雖然我是男讀者但眞的不要派他來！你本人來的話我一定再買十次《獵命師》全套！

資深讀者，旋風砲砲手　敬上

我點開來信的這位旋風砲砲手的頭像，是一個年過三十中年男子的自拍。頭像是臉部特寫，足足佔據了超過照片九成的空間，樣子眞的很古怪。

我得強調，是古怪，不是醜。

他的眼睛鼻子嘴巴全長在正確的位置，鼻毛也沒有露出來，但表情就是特別怪，他的視線直射鏡頭，眼神有一種迷茫，但迷茫中又有一股很頑固的堅定，那股堅定彷彿用盡了全身上下的意志力，在阻止他身體的蠢蠢欲動。

旋風砲砲手的眼神與我相會，令我有一種說不出來的……的……

「是不是很不爽？」九把刀呵呵。

「沒錯，有一種超想朝他的臉揍下去的衝動。」我承認：「超不爽。」

「因爲拍照片的時候，他正在打手槍。」九把刀瞬間放大這個讀者的頭像。

我大吃一驚……沒錯！雖然框框裡只有臉，但這張臉以外的那坨肉體一定在打手槍！

「他用正在打手槍的自拍照當頭像，王大明，你連蛇都上過了，也算是有一點見識，你想旋風砲砲手是一個什麼樣的人？」

「他是什麼樣的人……又怎樣？跟我的蛋有什麼關係？」

無視我的疑問，九把刀開始喃喃自語：「他平常都在做什麼？嗜好？興趣？收藏？慣用左手？還是死忠的右手控？喜歡什麼樣的A片？想要得到哪一種超能力？讀心術還是變透明？清心還是五十嵐？酸民？左膠？柯粉？韓粉？黑警粉？藍腦？綠蛆？護家盟？同志？會闖黃燈嗎？DC還是Marvel？」

我看著他自顧自碎碎唸個不停，這麼說起來，九把刀是要我去找他了？

難道他說的大蟒蛇，其實就是這個旋風砲砲手有一隻跟蟒蛇一樣肥的大老二？

我的拳頭又捏起來了，超怒，眞的不要在這種時候給我開低級下流的玩笑啊！

九把刀抬起頭：「這些我通通不感興趣。」

我呆了：「什麼？」

九把刀將滑鼠游標，移到旋風砲砲手的大頭像上方：「但你應該去找他。」

我正想問爲什麼的時候，突然發現旋風砲砲手的肩膀上有奇怪的斑紋，咦？

那個斑紋好像在哪裡見過，他的肩膀上的斑紋好像是……是一條……

我恍然大悟。

掛在旋風砲砲手肩膀上的，是一條大蟒蛇！

02

旋風砲砲手的臉書網頁上，有一條很詳細的地址。

那是一間店，一間叫「寰宇蒐奇驚世博物館」的店。

那種店九份有，淡水有，很多觀光區的老街都有類似的店，票價從五十塊到一百塊都有，小時候我也興沖沖去過幾次，裡面有泡在福馬林中的雙頭蛇屍體、解剖到一半的外星人屍體、白化症猴子的標本、突變的烏龜標本、號稱三葉蟲的化石、貌似困住史前蜜蜂的琥珀、疑似暴龍蛀牙的化石，但很多宣稱是標本或化石的東西，往往都只是唬爛的塑膠製品。

說眞的，有些東西甚至根本稱不上展覽品，店主只是把世界各地怪奇新聞的照片沖印出來裱框而已。比如說雪山大腳怪的模糊放大照片、正在切腹自殺面露痛苦的日本武士、尼斯湖水怪探出水面的可疑照片之類的，這些所謂的千奇百怪，擺到現在這種用google就能搜尋到很多資訊的時代來看，都非常敷衍。

對了，這些怪店共同的特色，就是在門口擺一隻金剛鸚鵡或一條蟒蛇，額

hair salon
髮廊
hair salon
WELCOME
11:00-21:00
寰宇蒐奇驚世博物館
B1
阿彌陀佛
搬家
保全
Welcome

外給五十塊錢，店主就會把鸚鵡放在你的手臂上，或是把蟒蛇掛在你的肩膀上拍照。

簡單說，唬爛一下國中生還可以，但我這種幹過樹的，不可能被騙。

爲了借那條蟒蛇充當代理孕母，揹著蛋，我搭火車到了桃園。

這間「寰宇蒐奇驚世博物館」開在桃園火車站附近，靠近失火過的金贊大樓旁的小巷子裡。店面不在一樓，而是生意冷清的理髮店旁邊的地下室。

所謂的招牌，就是在地下室入口處放了一個木乃伊的塑膠人像，木乃伊的白布上用紅色的噴漆寫上店名……問題是，店名叫寰宇蒐奇驚世博物館，字醜，筆劃也複雜，要不是我事先在網路上看過正確的店名，我根本不知道木乃伊身上那幾坨紅色的團狀物是在寫三小。

「眞不會做生意啊……拜託九把刀的事一定也很無聊。」我快步走下去。

那是一間，一下子不知道該怎麼形容的怪店。

比起開在老街的那些世界珍奇博物館，這間……這間寰宇蒐奇驚世博物館的門口給我的第一印象，是寒酸。入口沒有雕刻成木乃伊或是外星人的迎賓柱，只有一張貼在門口的鐵達尼號電影海報。那張海報中間，是一艘還不知道自己即將下沉的鐵達尼號，海報上方是傑克從蘿絲後面緊緊抱住的特寫，但傑克跟蘿絲的眼睛都被挖掉了！兩個沒有眼睛的人笑嘻嘻抱在一起，看起來就讓人頭皮發麻。

我戒慎恐懼地推開門，走進了一個絕對沒有人會買票參觀的地下私人博物館。

博物館比想像中的要大很多。

裡面算是明亮，沒有刻意製造陰森恐怖的氣氛，正在顧店的讀者旋風砲砲手正背對著我，他看著懸吊在天花板上的大電視打ＮＢＡ遊戲，遊戲狀況完全不緊張，因爲他用的經典湖人隊正大比數落後中，但旋風砲砲手還是很專注，一時之間沒注意到有人進店了。

或許是因爲地下室吧，空氣裡濕氣太重，又黏又悶，滿不舒服的，旋風砲砲手身上的Ｔ恤濕透了，尤其是腋下那邊暈了兩坨深深的汗圈，格外噁心，不過他的脖子上果然纏繞著一條正在睡覺的大蟒蛇，那正是我急需的代理孕母。

出於禮貌，我沒有打擾他打電動。

我一邊用手搧風，一邊隨意張望。這間私人博物館裝潢非常簡陋，廉價感十足的收藏物堆得到處都是，一開始我以爲是從其他倒閉的怪奇博物館搜刮過來的二手展物，但稍微仔細一看，好像都是很平常的東西。更仔細研究，這些貌似平常的東西又不是那麼平常。

比如說，有一台設定成定時自動清掃，因此捲到一大堆狗屎的掃地機器人。

比如說，有一個青色的花瓶，上面貼了一張售價貼紙，但售價貼紙被撕到一半，露出一大片白色沾黏的部分，看起來很不舒服，非常想要用手指把白色的沾黏摳掉。

比如說，有一張漫畫家富樫義博正在極度凌亂的房間裡打電動的簽名照，但簽名的部分明顯不是簽富樫義博，而是一個叫張博偉的傢伙，字跡還敢給我簽得很整齊。

比如說，有一隻鞋底沾了一坨口香糖的麥可喬丹限量潮鞋。

比如說，有一座比我高的裸體大衛石膏像……但雞雞的部分被敲碎了。

比如說，有一張某某市長正在議會接受質詢時，眼神困惑無助，身體要坐不坐、要站不站的靈異照片。

比如說，有一張在網路BBS上發表的文章的截圖放大照片，是九把刀說他絕對會寫完小說《飛行》，不然他就會在晚上睡覺側翻時把睪丸壓破的發誓紀錄。

比如說，有一張「權力遊戲：冰與火之歌」第八季的最後大結局海報。

比如說，由超過好幾百張、車速超出規定寬限值僅僅一公里、就被測速照相機拍下罰錢的證據照，集結拼貼而成的整面哭牆。

罰單哭牆很猛，我卻被一張小小的、放在展示桌邊緣的黑白照片給吸引……

照片的年代有點遠，背景是一間日本風情濃厚的和室，一個全身刺青的黑道大哥跪坐在地上，用刀切開自己的肚子，黑道大哥後面，站著一個拿著武士刀的小弟。這勇猛的習俗很多人知道，就是日本武士在切腹自殺的時候，有另一個男人會站在後面用力砍頭，提早結束切腹者的痛苦，這招叫「介錯」。但這張黑白照片裡，表情扭曲的黑道大哥正在切腹，原本應該拿武士刀把他的頭砍下來的小弟，眼睛不但沒有盯著自己手中的刀，也沒有看著黑道大哥的脖子，而是偷看旁邊電視裡的紅白歌唱大賽發笑。

幹！不對勁啊！快點把他的頭砍掉啊！

「……」我倒抽了一口涼氣。

細思極恐！

我終於看懂了，這裡展示的每一樣東西，都很不對勁，都很欠揍，通通充滿了巨大的負能量！充滿了這個世界對人類巨大的恨意！

不過有個展品我眞的看不懂。

那是一顆擺在衛生紙中間的牙齒，上面有四顆鹵素燈朝它投射，還放了一個放大鏡，給它最尊榮的注目。我透過放大鏡把這顆牙齒看仔細了，這顆牙齒是顆大臼齒，齒面潔白，牙根完美，絲毫沒有一點負面的感覺？不懂這顆牙齒有什麼好展出，難道是出自某某名人的牙齒嗎？

電視遊戲的音效聲終於結束，我卻還盯著那顆牙齒入神。

「喂喂喂，同學，你還沒買票啊。」

旋風砲砲手還坐在椅子上，滿身大汗看著我。

我趕緊大聲問：「你好，你一定是旋風砲砲手吧？」

旋風砲砲手莫名其妙翻了一個白眼，是對我沒買票很不爽嗎？

「是這樣的，我是王大明，九把刀派來的靈感助手。」我擠出笑臉，比了個讚。

「你就是王大明？」旋風砲砲手皺眉，把我從頭到腳狠狠掃描了一次：

「『上課不要』系列……爸爸被溶解的那個？那個王大明？」

「嗯，就是三本『上課不要』系列的主角，我就是本人。」我有點榮幸。

「唸高中的時候，我默寫過『上課不要』系列好幾次，還以爲王大明長得跟智障一樣，沒想到本人還好……看起來很普通嘛。」旋風砲砲手的表情卻很失望，連續翻了兩個白眼：「還有……我不是跟刀大說，麻煩他親自跑這一趟嗎？」

幹你這個臭肥宅。

「狀況有點複雜啦，九把刀在紙箱國……就是他常常提到的可以買夢賣夢的那個天橋下的紙箱國，他用躲狗仔的名義賴在那裡很久了，好像想要抓到一隻躲在夢裡的怪物，一時之間抽不了身。」我有求於人，臉上肯定堆滿了燦爛的笑容：「不過你放心！我可以全權代表九把刀，嗯嗯嗯嗯事實上九把刀在很多方面都是廢物，你看過三本『上課不要』系列吧？那你一定很清楚，由我來爲你做讀者服務，比九把刀本人來要有用多了。」

旋風砲砲手從椅子上跳下來，因爲脖子上的蟒蛇太重了，直接摔倒。

我想過去扶他起來，沒想到旋風砲砲手脖子上的蟒蛇也被摔醒，驚恐地張嘴吐信，身體還劇烈蠕動，嚇得我瞬間停格。

「幹，就是脖子上這條蛇。」旋風砲砲手翻了個白眼，恨恨不已地指著脖子上的大蟒蛇。

「非常棒的一條蛇。」我讚不絕口：「掛在你的脖子上非常合適，簡直就是完美的造型。」

旋風砲砲手又翻了一個白眼：「才怪！我快被這條蛇捲死了！」

我總算看清楚了，這個翻白眼不是俏皮的翻白眼，也不是鄙視的翻白眼，是蟒蛇的身體默默收緊將旋風砲砲手脖子捲住，導致他瞬間缺氧不得不翻的白眼。

「是喔？把牠拿下來不就好了？」我不懂。

「如果這麼簡單就不需要拜託刀大了ＯＫ？不管我怎麼做牠都不肯下來，用穩潔一直噴牠的眼睛也無濟於事。」旋風砲砲手又翻了一個白眼：「這幾天，牠收縮身體的頻率越來越高，我不知道什麼時候會被活活捲死，情況眞的很不妙啊，不然你告訴我那座天橋在哪裡，我自己騎車去找刀大解決……」

「那爲什麼一開始要把牠放在脖子上呢？」我眞的不懂。

「天氣又悶又熱啊，這台冷氣又壞掉很多年了，把蛇掛在脖子上很涼啊！」

「那……幹嘛不修冷氣？」

旋風砲砲手用一種看智障的眼神盯著我，然後又翻了一個大白眼：「王大明，我知道你在刀大筆下非常智障，但沒想到你本人根本是大白痴！看了半天你還不懂我這間寰宇蒐奇驚世博物館到底蒐藏什麼主題對吧……我蒐集的是……」

「我知道啊，是不幸。」我連珠炮回答：「是不爽，不順眼，不對勁，對吧？」

「知道還問。」旋風砲砲手一臉欠扁地說：「我這裡的冷氣一定不可能是好的，百分之百就是壞掉，而且還是那種只要把濾網好好清潔就會正常運作的那種壞掉，但我偏偏就是不肯修好，讓這裡的空氣又濕又熱又黏，才能維持跟這些蒐藏品一樣糟糕的頻率啊。」

太負面了！

不只是這裡所有的展品，所有飄浮在空氣裡的想法都好負面！

「天啊，這樣多久啦？」我訝異這種爛理由：「這條蛇一直纏在你脖子上？」

「超過兩個月了！」旋風砲砲手用力抓著脖子上的蟒蛇，猛翻白眼：「夏天就算了，蛇的身體眞的很冷，萬一冬天到了，我難道不會天天感冒嗎？還有你知道這條蟒蛇有多重嗎？至少三十公斤！我的肩膀快被壓斷了！上個禮拜我終於跑去按摩店，結果根本沒有一個師傅敢幫我按肩膀，不敢按還開什麼店？我真的很需要刀大幫我想想辦法，他鬼點子這麼多一定會想到妙計把蛇拿下來！」

「你對九把刀的期待太高了，看到本人一定會吐血。」我失笑：「他就是一個北七。」

「我不許你這樣說刀大！」旋風砲砲手竟然怒了。

我嚇了一跳。

「刀大說，人生中所發生的每一件事，都有它的意義。」旋風砲砲手狂翻白眼，大怒：「刀大派你來找我，一定有他的深意！」

哪有什麼深意，不就是看到你脖子上正好掛著一條蟒蛇嗎？

爲了避免旋風砲砲手太激動被蟒蛇捲死，我趕緊轉移焦點：「對了對了，你放在那邊的牙齒有什麼意思嗎？我實在看不出來那顆牙齒有什麼……不大對勁的地方。」

「那顆牙齒，是我第一個收藏品，也是這間寰宇蒐奇驚世博物館的起點。」

「所以？」我還是不懂。

旋風砲砲手得意地張開嘴巴。

下方齒列有一個很明顯的缺牙口，也就是說，展出的那顆牙齒是他自己的囉？

旋風砲砲手翻了一個要死不死的白眼，得意地說起了自己的故事……

03

那一年，我迷上了刀大的《獵命師》。

如果你也有看《獵命師》的話，一定記得第十五集的序吧？刀大提到有兩個胖胖的讀者爲了嗆他拖稿，衝去他的簽書會現場背《獵命師》第十四集全文給他聽。

嘻嘻！其中一個讀者就是我！

哈哈哈我跟我朋友阿強，當初只是單純想在簽書會上當眾給刀大難看而已，沒想到刀大卻把我們默背的壯舉寫進書裡，還變成了序！

序耶！《獵命師》的序耶！爽爆啦！

想當年，我跟阿強爲了默背《獵命師》第十四集，整個學期都沒在唸書，無時無刻都在硬背《獵命師》，月考的時候我每個題目都看不懂，乾脆直接在卷紙上默寫一遍我正在強記的章節，通通零分！

這樣的努力不懈終於讓我跟阿強在刀大的序裡直接封神，我爽到不行，阿強跟我也成爲班上的風雲人物。從那一天開始，阿強就跟我約定好，要再接再厲默背誦《獵命師》第十五集，在下一場簽書會背給九把刀聽！

某一個我正在用心背誦《獵命師》第十五集的晚上，我的牙齒很痛，牙齒痛怎辦？當然是去看醫生啊！醫生說蛀牙了必須馬上拔牙。拔牙又怎辦？沒在怕的啊！

我躺在診療躺椅上，閉起眼睛，藉著半張嘴都麻醉了的奇妙滋味繼續默背。拔好後我回到家裡，牙齒還是很痛，我用恢復感覺的舌頭舔了舔，發現醫生根本拔錯牙啦！我那顆蛀掉的牙齒還在痛不說，我另一顆好好的牙齒也不見啦！

啊？你問我博物館展出的那顆牙齒，是不是我被拔掉的那顆好牙？

不是！

我氣沖沖回去跟醫生要我被拔掉的那顆好的牙齒，他不但給不出來，還誣賴我說我被拔掉的那顆牙齒其實也是蛀牙，不然他肯定不會拔錯，最多他免費再幫我拔一顆蛀牙……

這個邏輯不對吧？我猜我那顆被拔掉的牙齒根本沒有被丟掉，不然一拿出來結果是一顆好的牙齒，不就正好證明了牙醫拔錯牙了嗎？那個牙醫根本就不敢把牙齒還給我，現在竟然還敢再拔我一顆！

最後，我威脅那個牙醫說要找議員開記者會爆料他拔錯牙，讓他丟臉，不想我這麼做的話，就要打開嘴巴，讓我拔他一顆牙齒回來。

他說好吧，反正他正好有一顆牙齒怪怪的。

牙醫親自麻醉他自己的嘴巴以後，我就開始拔牙。

第一次拔牙很新鮮，當然是很不會拔啊！但反正不會痛，我就慢慢練習起來了，麻醉快過了我就偷偷再加一點。告訴你我真的拔了很久，這裡拔一下，那裡也夾夾看，拔得很累，好不容易終於把一顆牙齒拔出來，我都已經餓過頭了。

對啊，我當然沒有拔掉他說的那顆本來就怪怪的牙齒，拜託，誰要怪怪的牙齒啊，要拔當然就拔最好的牙齒啊，所以你看到的那一顆牙齒，就是牙醫嘴巴裡面最漂亮的那顆完美大白齒。

我整天看著那顆大白齒，把它當寶貝，覺得好不可思議啊。

九把刀在《獵命師傳奇》裡面提到一個很可怕的命格，叫天堂地獄……你肯定也看過吧？一念天堂，一念地獄，距離極大幸運最近的不幸運，就是世界上最大的大凶！這個想法完全命中了我的內心！

極大的幸福跟極凶惡的衰運往往只有一線之隔，那個牙醫一定沒有想過，自己只不過是恍神拔錯了一顆牙齒，怎麼會搞到自己有好幾顆牙齒都被拔到一半或夾斷呢？而且事後還不敢跟別人告我狀，因爲太丟臉了。

而我，只是倒楣被拔掉一顆好的牙齒，卻換來這麼厲害的經驗，完全！完全可以投稿給刀大，拿去寫下一次《獵命師》的序！

對啊！這才是命運的正解！

我隔天到學校去，看到阿強還在教室角落默背《獵命師》第十五集，我眞的覺得他好悲哀，同一種招式對聖鬥士是無效的，刀大這麼強，比聖鬥士還強，阿強再背一次《獵命師》給刀大聽，刀大也只是笑笑幫你打拍子，不會再寫進序了。

智商有限的人，一生的成就當然也有限，而我，不但在小說中品味了天堂地獄的眞諦，更在生活中實現了眞正的天堂地獄，收獲了一顆牙齒，以及它背後滿滿的不幸。

是的，就是從這一顆不幸的牙齒開始，漸漸變成了這座寰宇蒐奇驚世博物館。

這些年在我獨特的眼光下，我不但蒐集到很多充滿不幸的寶物，更靠著不幸，在競賽中打敗了其他蒐集不幸物件的收藏家，一件又一件，將他們手中的珍藏搶到手中，成爲了桃園市不幸蒐藏品中的頂級收藏家，我脖子上這條死都拿不下來的爛蟒蛇就是其中一件戰利品，嘻嘻！要是你知道這條蟒蛇背後的不幸來歷，你一定會嚇到尿出來！

王大明！你快點問我，我的獨特眼光是什麼！

嘻嘻！既然你問了我就只好稍微說明一下我的品味……那就是，比起不幸，我更著迷於不幸所引起的一大串連鎖反應！

聽好了，有些不幸一開始還察覺不出，需要時間醞釀，它遠遠比一開始的徵兆還要更不幸——就像不幸的阿強。

阿強唯一的好朋友就是我，我們可是聯手背下整本《獵命師》第十四集的盟友，但我提早看到刀大絕對不會鳥他的結局，卻偏偏不提醒他，放任他一個人去刀大的下一場簽書會背書。

還記得某一本《殺手》的簽書會那天，下著大雨，阿強興沖沖找我一起去金石堂門口搶號碼牌，排隊的時候，阿強興奮地開始練習背《獵命師》，我笑笑看著他，學刀大用手掌幫他打拍子。

阿強很困惑地問我：「一起練習背啊？把節奏對在一起，氣勢會增強三倍！」

我嘆了一口很長的氣：「要背，你自己背。」

阿強同情地看著我：「難道這次書太厚，你背不起來嗎？」

同情個屁，應該是我同情你呢阿強。

我笑笑說：「我不想背，因爲背書很白痴。」

我看著阿強那張飽受打擊的臉，我沒有移開我的視線，我努力地將它記住，讓阿強那張遭到背叛的臉成爲我記憶裡的，關於不幸的的獨家收藏。

幾個小時後，《殺手》簽書會開始，我看著阿強獨自站在刀大旁邊，大聲朗誦《獵命師》第十五集的每一個字，阿強很認眞，很激昂，背到臉紅脖子粗，背到滿身大汗，背到眼淚都飆出來了……卻眞的，眞的，從來沒有在刀大的書序或臉書裡出現過關於阿強的壯烈事蹟。

嘻嘻！

後來，同班的阿強看到我就像看到空氣，我跟他打招呼他都假裝沒聽到。偶爾，我看到阿強在體育課時，獨自坐在司令台旁邊的榕樹下背《獵命師》第十六集，唉大概是希望我默默走過去一起背，自然而然地和好吧？拜託哪可能啊！繼續跟他攪和下去，我一定會被他身上的不幸傳染！

高中畢業以後，我就沒有再看過不幸的阿強了。

只聽說，把時間都花在背《獵命師》的阿強當然沒考上大學，一蹶不振的他學人家去跑船，卻不小心掉到海裡被鯊魚咬斷一隻腳，跑船賺到的錢都拿去買義肢了唉唉唉……嘻嘻……嘻嘻……眞是不幸之後，又更不幸啊！

04

我看著沉浸在美好、卻滿滿不幸的記憶的旋風砲砲手，覺得無法置信。

站在我面前的這個中年胖子，未免也太爛了吧？很爛，超級爛！

不過，雖然旋風砲砲手絕對是個爛人，但畢竟爛人沒品人下流人低級人甚至是下賤的機掰外星人我都遇過太多了，比起爛，剛剛的故事有個地方更讓我介意。

「這不太合理吧？」我忍不住舉手：「不，不是不太合理，是太不合理！」

「哪裡太不合理，我剛剛說的全都是貨眞價實的不幸。」旋風砲砲手翻了個白眼。

「首先，眞的有醫生會拔錯牙嗎？好的牙齒跟爛掉的牙齒看起來差那麼多，是要怎麼拔錯？而且拔牙的時間很久耶，拔那麼久都沒發現拔錯，根本就超唬爛的啊！」

「……」旋風砲砲手一臉淡定。

「還有，那個牙醫就算！就算！就算他把自己的嘴巴百分之百麻醉了，沒有一點感覺，但要放任你惡搞他整張嘴，不只沒拔下那顆怪怪的牙齒，還被你拔掉其他顆好的牙齒，時間也過太久了吧？麻醉嘴巴而已，不是全身昏迷耶，他眞的完全沒有發現嗎？你說你在過程中偷偷多下了麻藥，延長你練習拔牙的時間，這個補充說明很刻意也很多餘啊，那個牙醫不可能沒察覺你在亂搞吧？」

旋風砲砲手好像也沒生氣：「王大明，你是不是上過雞？上過樹？也上過蛇？」

「……是。」我並不感到羞恥。

「你爸爸是不是被溶解了？」

「是。」我的耳朵熱熱的。

「你是不是用觀落陰跟麥可傑克森聊過天？」

「那個……是！」我整個臉都熱熱的。

「你是不是跟一條蛇生了一顆蛋？」

「對，其實呢這就是我今天來找你的……」我滿臉通紅，有點語無倫次。

「王大明，比起我被拔錯一顆好的牙齒，你的故事更唬爛一百倍。」

好吧，旋風砲砲手這麼回敬我，我也無法反駁。

此時，我發現旋風砲砲手看著我，看出神了，還瞇瞇眼，湊過來更仔細看。

我應該要說看三小沒看過帥哥啊。但我沒有。

因爲我需要他脖子上的那條蟒蛇，心態不能太暢秋。

「……嗯嗯。」我乾咳了一下。

「等等！我知道刀大爲什麼叫你來找我了！」旋風砲砲手恍然大悟。

「是喔？」我好想快點回到我需要跟他借蟒蛇孵蛋的正事。

「因爲你本身就是個集不幸於一身的男人！」旋風砲砲手大叫。

「！」我整個人瞬間僵硬。

旋風砲砲手在大叫中猛翻白眼：「王大明！你亂幹過很多不是人的東西！吃過蚯蚓蟾蜍壁虎蜘蛛！好朋友阿祥在你面前被大蛇吃掉！屁眼被外星人塞過仙草！在拘留所吃過被精液噴過的便當！被一個金毛醜男上過你愛的大母蛇！最後！你還親手燒掉你唯一愛過的那條大蛇！」

我腦子裡都是不爽的火焰，超想用力一拳把他的鼻子打進他的臉。

但比起憤怒，我身上的劇烈顫抖提醒我……畜生啊！根本無法反駁！

每一句尖酸刻薄的描述，我都無法否認……

旋風砲砲手高舉左手，右手指著被汗水嚴重浸濕的左腋下，說：「王大明啊，你的面相，已經長成了不幸的形狀了，就像我的腋下。」

「……在說什麼啊？你這傢伙……到底在胡說八道什麼啊……」

我膝蓋一軟，差點跪下，到底爲什麼要指著濕濕的腋下，說出這麼恐怖的台詞！

旋風砲砲手翻了一個白眼，很高興地拍拍我的肩膀：「不幸的東西會彼此吸引，這就是人爲什麼只要一倒楣，就會越來越倒楣的原因。既然刀大派你來，你一定可以幫我把脖子上的蟒蛇拿下。」

幹你娘正好相反。

如果你沒辦法把蟒蛇拿下來的話，我就要用最快的速度逃離這個充滿不幸的地方了，再待下去，我一定會被不幸的漩渦給吸進去，然後……

旋風砲砲手迅速抓住我的肩膀，一邊翻白眼一邊用力搖晃我。

「王大明，我決定邀請你！明天一起參加北台灣盃第四十四屆……」

不要！

不管你這個爛人要我做什麼我都不要！

「我只是想借你脖子上的蛇……」我大吼：「孵蛋！」

我一個鯉魚打滾，火速從背包裡拿出人妖蛋。

旋風砲砲手呆了一下，隨即會意。

「天啊！這就是《上課不要打手機》裡面那個……素子生下的那顆蛋！」

旋風砲砲手又驚又喜，伸手就拿。

只見他翻了一個超劇烈的大白眼，脖子上的蟒蛇突然往前暴衝——

張嘴就含住我手中的蛋！

「衝蝦！」我嚇飛，身體往後一彈。

咕嚕。

我看著蟒蛇。

咕嚕？

蟒蛇看著我。

我看著旋風砲砲手。

旋風砲砲手看著蟒蛇。

我低頭，看著空蕩蕩的我的雙手。

蛋被吞了……就在剛剛那一瞬間，蛋就被吞了！

咕嚕咕嚕咕嚕咕嚕……蟒蛇的頸部擠成好大一團，然後慢慢收縮、收縮、收縮，那一團巨大的肉節緩緩往身體的下方移動。

旋風砲砲手沒有翻白眼了。蟒蛇爲了吞蛋的剛剛那一衝，已經完全離開了他的脖子，整條蛇啪啪啪自摔到地上，面無表情，吐了吐信，好像非常不屑。

「到底……爲什麼要吞……」我呆呆地看著地上的蟒蛇：「吞我的蛋啦？」

「……」蟒蛇滿足地看著我。

到底，爲什麼，要吞，我的……蛋？

「好舒服！所有的壓力都消失啦！」旋風砲砲手拍著自己的肩膀，左看，右看，如釋重負地舉手歡呼：「刀大眞的太神啦！我就知道刀大派你來……一定可以解決我的問題！」

我無法置信，素子跟我的孩子，就這麼被吃掉了嗎？

我們之間相愛過的證明，被吃得煙消雲散了嗎？

可惡……可惡啊！

鼻子一酸，眼眶一紅，我暴怒衝向大蟒蛇，對著牠毫無反省的臉就是一拳。

「爛蛇！給我吐出來！」我的眼淚跟拳頭一起噴出。

拳頭還沒砸到牠，蟒蛇就翻了一個白眼，身體像吹氣球般迅速膨脹——

爆炸！

腥臭的蛇肉在一瞬間往四面八方炸裂，噴得我跟旋風砲砲手全身都是，肉屑、蛇皮、蛇牙，以及蛇鱗，在蛇血飛濺下，轟得滿展場都是。

唯獨那一顆大蛇蛋，完好如初地落在地上。

05

我王大明本人，的的確確就是個充滿不幸的男子。

一天前我拿著素子生的蛋，跑來桃園一間寰宇蒐奇驚世博物館，想跟九把刀的讀者借一條蟒蛇幫忙孵蛋，那條蟒蛇卻白目地吞了蛋，還搞到全身爆炸！果然是一條充滿不幸來歷……然後又寫滿不幸下場的蟒蛇！

現在，我拿著蛋，坐著前往台北的1816號公車，跟旋風砲砲手坐在一起。

我們要去哪？我們正前往「北台灣盃不幸大賽」的現場。

就跟替身使者一樣，不幸的事物會互相吸引，像我這麼不幸的人，果然在旋風砲砲手要去參賽的前一天，把他預計要拿去參賽的蟒蛇給爆掉，這麼不幸的巧合，註定了我也要去參加這種競技不幸的大賽。

只因爲，旋風砲砲手宣稱他原本要拿去參賽的蟒蛇爆炸了，他說，只有我手中的蛇蛋可以贏得這次不幸大賽的冠軍獎品……

「對了？冠軍獎品到底是什麼啊？」我問。

「朗基努斯之槍。」旋風砲砲手挑眉，一臉得意。

「佛朗基……之槍？」我的舌頭快打結了。

「不是《海賊王》那個佛朗基！是插進耶穌肚子裡的那根朗基努斯之槍！」

我馬上google了一下正確的字眼，原來所謂的朗基努斯之槍，又叫作聖槍，有人叫它命運之矛，是兩千多年前耶穌被綁在十字架狂虐一頓後，有一個叫作朗基努斯的羅馬士兵爲了確認耶穌是不是眞的死了，就用手中的長矛刺進耶穌的肋骨，從此以後這把沾了耶穌血液的長矛就增值了，成爲等級加十的聖物。

關於朗基努斯之槍的傳說很多，最重要的一件，就是號稱只要手持朗基努斯之槍，就是當今世界霸主，方圓一百二十尺內的人都會膝蓋一軟跪下。所以啦，很多歷史大頭都很想要得到它，君士坦丁大帝拿到過一陣子，拿破崙也想拿到卻失敗，打敗希特勒的美軍巴頓將軍也號稱得到過，眞的是人見人愛的一把好槍。

「是不是？是不是！連超強的耶穌基督都能刺傷，你說那把槍是不是超級不幸？刺破你這顆蛇蛋，絕對不是問題嘻嘻！」旋風砲砲手興奮地奸笑：「原本我要拿去參賽的那條蟒蛇，我估計只有三成的勝算，我是抱著要去見識一下其他人收藏品的心態才報名的，現在……嘻嘻！我們一定可以贏下比賽！一定可以！天啊……你的蛋不幸的能量好強啊！我這輩子還沒看過蛇爆炸！爆炸耶！」

「厲害是厲害，但……」我心裡有說不出的不對勁。

「但什麼但？有什麼麼好但但但的，素子果然跟刀大小說裡寫的一樣，是一頭超強的千年大妖怪，生下的蛋再混入你超不幸的基因，妖氣加成，不然我那條蟒蛇怎麼會全身爆炸呢？沒問題的！你相信我，你眞的超雖！你的蛋更雖！超雖！無敵雖，一定可以贏得冠軍！」旋風砲砲手欣喜無限，不斷提醒我：「但你要記住啊！這個比賽是我帶你參加的啊！那把朗基努斯之槍把蛋刺破以後，一定要歸我！歸我啊知道嗎！」

我又不信基督教，我要那把槍幹嘛？我不要那把槍啊！我要的是好好打開蛋，跟蛋裡的小寶貝相遇啊！我要好好疼他！愛他！教他！才不會辜負素子臨走前對我的期待。這些都不是問題，問題是問題是問題是問題是問題是問題是問題是問題是問題是問題是問題是問題是問題是……

「眞的可以贏下比賽的話，朗基努斯之槍當然可以給你，問題是……哈囉？根本就不可能吧？」我果然還是無法忽視那股不對勁。

「不可能？什麼東西不可能？」

「那支長槍，怎麼想都不可能是眞的朗基努斯之槍吧？刺傷耶穌……的那把？」

「就是那把！」

「哈囉？刺傷耶穌耶？」

「絕對就是那一把啊！朗基努斯啊！」

「會不會只是名字剛好一樣啊？要不然就是唬爛的，想也知道那種兩千年的高級古董不會流落到台灣變成一個小小比賽的獎品，這也太胡鬧了吧？」

「王大明，不可能這三個字，實在是不適合從你的嘴巴說出來啊！」旋風砲砲手嗤之以鼻：「要知道前幾年我參加的不幸大賽都只是桃竹苗盃，範圍小，格局小，比賽的獎品就已經非常不幸了，這次北台灣比賽的規模，首次把桃園跟新竹都一起納入北台灣的範疇！獎品的不幸程度當然也是大大提高！」

「岔題一下，桃園跟新竹被併入北台灣了，所以苗栗算是中台灣嗎？」

「苗栗自己一國。」旋風砲砲手冷冷地說。

「也是。那上一屆桃竹苗盃的獎品是啥？」我想，歷屆獎品的等級都差不多才對。

「沒想到竟然又讓我想起錯過的寶物……幹，上次眞的只差一點點就贏到手了。上一次桃竹苗盃不幸大賽的獎品，是一枚破掉的保險套。」旋風砲砲手嘆氣，好像很遺憾沒有贏到。

「保險套破掉也還好吧？也不是沒聽過類似的不幸啊。」我無法認同。

旋風砲砲手拿出手機，顫抖地從裡面打開一張獎品認證照。照片裡，那枚陳舊的泛黃破保險套，被一個戴著假髮的噁心老男人拿在手上，另一隻手還對著鏡頭比了個讚，他的鼻孔畸形，鼻毛外洩，顯然爲自己的意外出生感到洋洋得意，他的嘴裡還塞了很多條爛掉的香蕉。

「幾十年前，那枚該死的保險套一破掉，從此世界上多了一個敗類中的敗類……睏哈星。」旋風砲砲手一邊乾嘔一邊關掉手機。

「幹睏哈星這傢伙眞的很噁。」我猛點頭，獎品竟然很有說服力。

好吧，爲世界帶來巨大不幸的爛保險套，不得不承認上一屆的獎品眞的夠糟糕，就當這次那把朗基努斯之槍也是眞的好了，就算不是眞的，只要夠不幸，可以把蛋殼捅破就沒問題了，我一定要贏下來！

人生第一次，我多麼希望自己的不幸可以海放整個北台灣啊！

CHAPTER 2

第44屆北台灣盃不幸大賽

01

旋風砲砲手跟我一起來到主辦地點，就位於台北火車站地下街最熱鬧的區段。

這裡有許多賣公仔賣遊戲的店家，環繞著一堆東南亞飲食的小吃店，人來人往，偏偏主辦地點是一間鐵捲門半掩的小店，鐵捲門上貼著「誠意出租」的紅紙，紅紙有一半都泛白了，邊緣還捲翹起來，顯然出租多年都乏人問津。

「不要小看主辦單位的用心，你看看，這附近多熱鬧！每間店裡面都有很多客人，偏偏就這間店，開什麼倒什麼，後來完全租不出去，可以說是風水超級爛的死穴，在這裡舉辦不幸大賽，真的是……相當不幸啊！」

旋風砲砲手一矮身，鑽進了半掩的鐵捲門裡，我也跟著照做。

從外面看不出來，這間一再倒閉的破店，裡面還挺大的，大概充當過詐騙集團的直銷會場吧，天花板垂掛著一條發黑的紅布條，紅布條上的慶功字眼已經剝落，滿地都是乾癟的氣球皮、拉炮的螢光碎屑、黯淡的緞帶，小小的講台底下，擺滿了五十幾張紅色的廉價塑膠椅，十分寒酸。

在我們之前，已經有好幾個選手聚集在會場，有老有少，個個笑容滿面，一見到旋風砲砲手就起身寒暄，看來大家都是不幸界裡的熟人。

「嘿！桃園的！跑這麼遠來輸！會不會太勤勞啦！」一個獨眼男子吐了一口黃黃的痰在手上，大大方方地伸手。

「旋風砲砲手是吧？你那間店什麼時候倒一倒，我要去掃貨！」一個大嬸噴了一口痰在手心，同樣朝旋風砲砲手伸出。

「桃竹苗盃輸不夠，還特地坐車來台北輸哈哈哈！年輕人就是夠幽默！」一個老人張大嘴巴，卡卡卡地從喉嚨深處提出一口濃痰，好好地吐在掌心，朝旋風砲砲手伸出。

「哎呀我們北台灣是爲了把新竹吃下來，才勉強把桃園一起吞了，你可千萬別以爲我們覺得桃園有多不幸啊哈哈哈！瞧你認眞參賽的表情眞是要笑死我了哈哈哈！」又一個男人在掌心吐痰。

「還帶小弟啊？瞧他一臉紅光滿面，砲砲手你是不是帶錯跟班啦哈哈哈！」這個大媽在手心吐的痰是深綠色的，十分病態。

「砲砲手，聽說你從光頭老七那裡騙到一條不幸的爛蛇啊？爛蛇咧？怎麼沒看到啊？」一個中年大叔朝掌心隨便一噴，就是一個握壽司大小的巨痰，還發出水花撲通的怪聲。

「對啊那條爛蛇咧？你該不會是想靠那條爛蛇搶冠軍吧？真的？確定？」一個濃妝艷抹的女人，清喉嚨時齜牙咧嘴的模樣已洩露了真實年齡，她在手心吐了一口帶著口紅顏料的濃痰，特別恐怖。

每個參賽者都用力吐痰在掌心，有的濃，有的綠，有的又濃又綠，看樣子是一種特別……特別噁心的邪教儀式。

「哈哈哈原來大家都聽過那條爛蛇啊？最新進度是……那條爛蛇爆炸啦！還是全身大爆炸喔！夠不幸吧哈哈哈哈！放心吧今天我帶了一個比爛蛇更屌的東西來，保證全場最慘！慘慘慘慘慘慘！」旋風砲砲手皮笑肉不笑，跟這些人握手的時候同樣也吐了一口痰在掌心，雙方握住手時，不幸的體液也在掌心間相互傳遞。

我光是站在一旁看著這畫面，胃裡就一陣翻滾，好像肚子裡煮著一鍋痰。

他們彼此噁心完之後，卻一起看著我，重新在掌心裡又吐了一口痰。

雖然我有猜到，但我眞的不想猜到啊！

「王大明，不要讓刀大丟臉，來！讓大家看看你的痰！」旋風砲砲手喊聲。

「我……我也要？我只是來陪你參賽的啊！」我肯定是臉色鐵青。

「只是痰跟痰之間的不幸溝通而已，你難道不想把蛋打破嗎？」旋風砲砲手低聲說道：「聽好了……氣勢！氣勢第一！絕對不可以被這些老手牽著鼻子走……」

我勉爲其難地吐了一口痰在手上，但還沒伸出手，就被旋風砲砲手制止。

「這個痰不行啊……有沒有更濃一點的？」旋風砲砲手一臉尷尬。

「我今天沒有過敏啊，差不多就是這樣了。」我皺眉。

「喉嚨裡面呢？要不要再咳咳看？搞不好最裡面還有一點綠綠的。」

大家都在看我，我只好努力乾咳了幾下，卻只咳出了幾坨不成形的口水，吐在手掌上完全無法黏住，稍微傾斜一點就滴下去。

這些參賽者不約而同哈哈大笑，連手都不願意伸出來跟我黏一黏。

「連痰都那麼稀？我說旋風砲砲手，你這個小跟班……完全不行啊！」

大家邊笑邊坐下。

我看著手上的一抹清痰，竟沒有一絲一毫躲過用痰握手的慶幸，而是感到莫名的羞恥。

好奇怪的屈辱感啊……沒有碰到別人的痰，我應該覺得大大鬆了一口氣才對，爲什麼我會有一種……有一種……爲什麼別人連痰都不願意讓我摸一下的……強烈自卑呢？我的痰眞的有那麼不堪嗎？

「算了……這個丟臉先記著，等一下讓他們見識見識你的蛋。馬的……」旋風砲砲手恨恨不已，找了一個最角落的位子坐下。

幾分鐘後，陸陸續續又有參賽者進來，每個人都用語帶嘲諷的熱絡去握對方手裡的痰，看得我好羨慕。我在角落裡更努力地清喉嚨，試圖把藏在肺部深處的細菌給咳出來，卻徒勞無功，我的痰只有越咳越稀，越稀就越像吐口水，每一個入場者看了一眼我手上稀稀的痰，都嫌棄地把手別開，只跟旋風砲砲手握手，完全忽視我，跟我的痰。

我充分感受到被排擠的尷尬，打開手機，google了一下該怎麼在最短時間內增加痰的濃度，但網路資訊很偏頗，千篇一律都是教大家怎麼止咳去痰，全部都是無用的保健資訊，爛死了。

這個不幸大賽的規模比想像中的大，就在我越來越自卑的時候，有好幾個台北市議員跟立法委員也從鐵捲門底下彎腰進場了，不分藍綠輪流上台致詞，笑容滿面地恭喜大家，說這一次北台灣歪不幸大賽選在非常不吉利的「第四十四屆」時擴大舉辦，首次併入新竹跟桃園，實在是不幸中的大不幸，預祝我們活動很不順利，超級失敗，希望年底投票不要忘記市議會偷偷編列預算贊助這場活動，他們都有功勞。

大家意思意思給個掌聲，氣氛還算熱烈。

「嘿……旋風砲砲手，你偷偷吐一口痰在我手上，我假裝是我自己的。」我壓低聲音，若無其事將放在膝蓋上的手掌攤開。

「王大明，你該不會是開玩笑吧？」旋風砲砲手一臉鄙視。

「快點，假裝彎腰綁鞋帶，背也遮一下……」我侷促不安。

「搞什麼啊，連吐痰都要作弊，你眞是丟光刀大的臉。」旋風砲砲手皺眉，深呼吸，用震動肺部深處的劇烈咳嗽，醞釀出一大口濃痰。

「麻煩你了。」我假裝不經意地將背靠過去，攤開手掌。

「卡……呸！」旋風砲砲手一吐，將痰結結實實地射在我的手心裡。

靠，溫溫熱熱的，還是黯淡無光的慘綠色，有夠不健康哈哈！這下我好有面子啦！

就在我神氣地打直腰桿，準備跟周圍的大家握手致意時，鐵捲門轟轟轟拉了下來，一個穿著紫色比基尼的皺奶大嬸拿著麥克風衝上台，大吼：「大家好！大家幹你娘！今天是不是過得很不幸啊！」

全場參賽者一起站了起來，大叫：「超不幸！」

「卡～～～」比基尼大嬸激動地甩開麥克風，舉起手，朝自己的手心用力噴了一口痰：「呸！」

好像是固定的儀式，場下的每一個參賽者都用力朝自己的手心吐了一口痰。

我趕緊張嘴吐了一口口水在掌心的濃痰上，希望場面夠混亂，沒人發現我只是裝模作樣。

只見比基尼大嬸舉手大叫：「大會宣誓！」

「大會宣誓！」大家齊聲。

「秉持不幸之神賦予我競賽主持人的職責！我在此做出誓言！第四十四屆北台灣盃不幸大賽！正式！開始！我眞不幸！」

鬼吼鬼叫完，她便伸出鮮紅色的舌頭，一舔！將手上的痰刮進嘴裡吃掉！

「我眞不幸！」

場下的每一個參賽者好像都很習慣了這樣的開場儀式，大家都伸出舌頭，迅速地將自己剛剛吐在掌心上的痰液舔進嘴裡，迅速吞掉！

我震驚不已，看著掌心上旋風砲砲手的濃痰，即使我把手掌整個垂直，它還是屹立不滴，頑固地黏著在我的掌心上，勾芡的純度之高，完全是固體化的細菌核彈。

我伸出舌頭，勉強用舌尖碰了一下，馬上被痰液上溫熱的薄膜給震了回去。

不行……眞的不行不行，不管濃淡，無關顏色，再怎麼說這都是別人的痰啊！

別人的痰別人的痰別人的痰別人的痰別人的痰別人的痰
別人的痰別人的痰別人的痰別人的痰別人的痰別人的痰
別人的痰別人的痰別人的痰別人的痰別人的痰別人的痰
別人的痰別人的痰別人的痰別人的痰別人的痰別人的痰
別人的痰別人的痰別人的痰別人的痰別人的痰別人的痰

別人的痰

正當我把手放下，想將痰偷偷擦在椅子邊緣時，全場參賽者都一起看向我，看得我全身發熱。大家沒說話，我已不由自主將手重新舉了起來，面紅耳赤地將黏在掌心上的痰給舔進嘴裡，屏棄心中雜念，不帶感情地將痰吞進肚子裡。

但是那個痰眞的太黏太重了，我完全可以感覺到，它黏在喉管壁裡遲遲不肯落下，我吞了吞，只感覺到那口硬痰極度緩慢地向下爬滲，不知道要花多久時間才會掉到胃裡。

輸人不輸陣，我不能讓眼神透露出任何一點恐懼，只好閉上眼睛，假裝自己正在好好品嘗呑痰的美妙滋味，偶爾還發出讚歎的聲音。直到聽見周遭大家喀啦喀啦坐回塑膠椅子，我才張開濕潤的眼睛，頭暈目眩地坐下。

比基尼大嬸揮舞著麥克風，激動開場：「在今天，世界上有許許多多幸福的老百姓，正跟朋友約五星級大飯店喝下午茶，在貴族學校前接小孩放學，跟懶叫很大的情人約會，跟懶叫更大的外國砲友做愛，在網路上轉貼心靈雞湯討讚，在高雄蓋摩天輪，正當他們一天又一天，揮霍著陽光燦爛的好時光……哈囉！有可能嗎？這個世界眞的有那麼美好嗎！我說！那些活在美好幻覺裡的，只是一群害怕眞相的膽小鬼！」

「膽小鬼！」「孬種！」「塞子！」「肛門被塞住！」「喝下午茶最爛了！」「星巴克好貴！我都喝city café！」「我都喝三合一啦幹！」「外國的懶叫沒有比較大！」「要看哪一國啦白痴！」「我最討厭貴族小學！因爲我沒錢！」「得民調得痔瘡！」「長輩文都給我去死！」「沒有人要跟我做愛！」「從小到大都沒有人要跟我做愛！根本不會有人想跟我做愛！」「我可以跟你做愛！但是我有淋病哈哈哈哈！」「我要強姦摩天輪！」

大家亂吼一通發洩的時候，我只覺得那顆痰一直沒滑下去，食道怪怪的好難受。

比基尼大嬸持續著沒有根據的煽動：「這裡！這裡！就在這間倒閉了六十四次的爛店裡，聚集著一群拚命張大眼睛，膽敢凝視不幸！膽敢欣賞不幸！甚至膽敢蒐集不幸的混蛋！大混蛋！告訴我——這群無恥的大混蛋是誰！」

「就是我們！」大家異口同聲喊道，非常得意自己活得很陰暗。

「世界就這麼爛，每分每秒都會變得更爛！宇宙的常識告訴我們，幸福只是無用的逃避，在隕石落下來之前那些恐龍到處跑來跑去也很幸福吧？幸福有用嗎？巨大的身體有用嗎？沒有！隕石掉下來就通通砸死了！剩下來的，就只有不幸又渺小的蟑螂！所以！用盡全身力量去努力研究不幸的人類，才能堅忍不拔地在糟糕的世界裡活下去！在這裡的每一個人，都是世界末日的最後贏家！」

這個匪夷所思的幸福無用論，這些參賽者一定聽過幾百遍了吧，但周圍的大家聽得如痴如醉。我還是很介意那顆痰真的還沒滑下去，不上不下的感覺好奇怪。

「很好！」比基尼大嬸露出詭異的笑容：「相信大家都打聽到了，今天的冠軍獎品是什麼了，是的！傳言是真的！今天最不幸的勝利者能夠帶回家的，的的確確就是那一把……當年在古羅馬帝國，刺傷耶穌基督肚子的那一把！充滿不幸的！朗基努斯之槍！」

在大家熱烈歡呼中，一個沉重的金屬盒子被幾個助手推上台。

雖然跟它有一段距離，還是看得出來金屬盒子做工精細，上面刻著疑似希伯來文的咒語……大概吧？應該是希伯來文吧？因為年代久遠，金屬盒子整體的質感氧化到有些發綠，那把朗基努斯之槍就封印在裡頭吧。

比基尼大嬸突然看了我一眼。

「我看到今天台下有些新面孔，很好！Very Good！每年都有一些自以為勇敢的人一腳踏入不幸的世界，是該死的好奇心？是從小就愛跟這個世界唱反調？是機掰人？最後能厚著臉皮留在不幸界的，又有多少人呢？」比基尼大嬸瞇起眼睛，我突然有一種被視姦的不爽感：「不幸的新面孔們，你們都知道今天的規則了嗎？」

我用僵硬的脖子，勉強做出最小幅度的搖頭。

「聽好了，準備好你們不幸的祭品，一個一個上台，去介紹祭品背後淒慘的故事！我們聘請了最專業的評審，用隨性！隨便！隨他高興的態度去分析！到底哪一個祭品散發出最強烈的不幸！最後誕生唯一一個冠軍，他將拿走朗基努斯之槍，而其他的輸家，祭品全部都會被集中銷毀！」

「銷毀？」我大吃一驚。

「怕什麼！你的蛋超爛！沒問題的！」旋風砲砲手抓著我的肩膀用力搖晃。

「我看還是算了……我今天……我今天參觀大家比賽就好了！不不不，尊重大家的隱私，我先走一步，祝大家比賽順利，天天開心這樣……」我很慌張，素子跟我之間愛的結晶，絕對不能拿來輸贏啊！

在我快步走到鐵捲門邊，試著拉開逃走，幾十個參賽者也沒阻止我，只是一陣開嘲諷的哈哈大笑。

「不想輸！贏就好了啊！」旋風砲砲手衝過來，面紅耳赤地掐著我的脖子，不讓我離開：「你是王大明！連樹都插的那個王大明啊！誰可以比你更倒楣？你要對自己的不幸多一點自信啊！我今天就靠你了啊！」

「這不是夠不夠倒楣的問題，這是……」我語無倫次，用力將鐵捲門抬起來：「這是素子跟我……你不懂的，我跟素子生的蛋是不可以當作賭注的……」

「不要讓我……也別讓刀大丟臉啊！」旋風砲砲手大叫。

「說的好！」

只見一個穿著短褲拖鞋的流浪漢，從被我抬起的鐵捲門縫隙中鑽了進來。

「失敗不可怕……失敗也是一種資格，證明你上過擂台啊！」

那五短的身材，凌亂的鬈髮，機掰的眼神，無恥的態度，再加上隨時都微微隆起的胯下……沒有別人了！這個世界沒有別人了！

我呆呆地看著他，不由自主把鐵捲門重新拉下，趕緊坐回自己的位子。

「自我介紹，今天不幸大賽的評審就是我……」

機掰鬈髮人大搖大擺，率性地從五十多名參賽者間走上台，拿起麥克風大喊：「我，當今之世，故事之王，九把刀，刀大，懶叫更大。掌聲給我拍下去啦幹！」

掌聲響起！

02

屁……狗屁故事之王，「都恐」斷尾，《罪神》沒影子，《飛行》沒消息，《獵命師》第二部曲只寫了一個章節，虧他還敢大言不慚！刀什麼刀？大什麼大？不寫小說的九把刀只配叫刃太！刃太！

但不知爲何，我情不自禁地瘋狂鼓掌啊！

天啊天啊這個時候我的老闆竟然從天橋下的紙箱國正式出關，被邀請來這麼奇怪的不幸大賽！當評審！天啊天啊天啊這不是就老天爺暗中在幫我嗎！我一定會被內定成冠軍啊哈哈哈哈哈哈哈哈！朗基努斯之槍！素子跟我的蛋有解啦哈哈哈哈哈哈哈哈哈！

「太棒啦九把刀！刀大！故事之王啊啊啊啊啊啊啊！」我拍手拍到哭了：「實至名歸啊！比賽結果一定公開公平又公正！因爲刀大就是刀大啊！」

「我怎麼也想不到會在這裡遇見您啊啊刀大！我就是那個背《獵命師》十四給您聽的那個臭宅啊！」旋風砲砲手也拍手拍到大哭：「我就知道！人生中所發

生的每一件事，都有它的意義！您竟然會當這種爛比賽的評審啊刀大！刀大！刀大我們又相遇啦！」

在我們兩人的無腦帶動下，會場的掌聲竟然非常熱烈，九把刀踱踱地抓了抓胯下，逕自坐在講台邊，看了身爲活動主持人的比基尼大嬸一眼。

「好了好了，這種爛比賽不要浪費我太多時間，快！誰先上？」九把刀打呵欠。

一個中年婦人率先登台，手裡拿著一根鉛筆。

「主持人好，評審好，其他的大家都去死，我是來自新莊的王小姐，蒐集不幸的物品已經有二十多年的時間。現在要爲各位介紹的是，一支不幸的筆。」新莊王小姐恨恨地看著手中的鉛筆。

「喔，有多不幸？筆芯很容易斷嗎？」九把刀不置可否。

「如果只是那樣就好了，我今天，也不會站在這裡……」

新莊王小姐怒火攻心地說起了那支鉛筆的由來。

□

當新莊王小姐還是一個亭亭玉立的少女時，就讀的是人人稱羨的北一女，儘管當時長得很漂亮，在補習班經常收到很多男校生的情書，約吃飯，約散步，約看電影，約園遊會，甚至約一起上圖書館讀書，但她都不爲所動，每一封情書都沒有打開，直接交給媽媽保管，在週末時統一用櫻花牌廚房瓦斯爐燒毀。

爲了天下蒼生，她一心一意只想考上台大醫科，將來當一個濟世救人的好醫生，並代表台灣叩關ＷＨＯ。每天除了唸書、背英文字典、反覆寫測驗卷之外，她就是細嚼慢嚥、科學地補充各種身體所需的營養，高中三年都保持著極度規律的作息，每天必定睡足七小時，月經這種東西更是穩定來去，每次來的量誤差範圍都在三毫升以內，不敢造次。

聯考那天，她保持著一如往常的身心靈平衡，去寫每一張考卷，有條不紊地作答。

她用的，就是這一支鉛筆。

聯考放榜，她一間學校也沒考上。日校，夜校，完全，百分之百落榜。

她的答案卡，每一格都精準無比地劃錯。注意了，並非錯格，而是完全劃錯。錯格的話至少還能陰錯陽差在機率下僥倖矇對幾題，但那支不幸的鉛筆，偏偏讓她每一格都劃在她想應答的那一格之外！

一身名校綠制服的她大受打擊，她甚至沒有臉報名重考，也沮喪到完全無法面對親戚長輩。一到過年，就把自己關在房間裡不敢吃年夜飯，端午節也不吃肉粽只吃菜粽，中秋節也沒有勇氣抬頭看完美的月亮，因爲她的人生，已跟完美無關。

日日夜夜，洗澡吃飯，她都盯著這一支不幸的鉛筆發呆，心想，要不是它，自己早就在台大醫科的教室裡解剖屍體，默背藥名與劑量，排隊實習，準備國考，背一些在WHO國際會議上可能用到的英文單字……

日子一天天過去了，聯考失利的十年後，她好不容易鼓起勇氣走出家門，將自己習以爲常的規律生活，慢慢與這個世界銜接，轉化出新的生存模式。

每天醒來一睜眼，吃完一個饅頭加一顆蛋後，她就到市立圖書館前排隊，門一開，她就衝進去看報紙，成爲全台北市第一個熟讀國內外新聞大事的女人，圖書館裡每一張報紙每一則新聞旁，都劃滿了她的螢光筆，以及她對時事的獨特評論，直到圖書館關門，她才離開。希望有一天，自己對這個世界的關心能夠被政府高層賞識，破格提拔她就讀台大醫科。

歲月無情，如今已年過四十八，她天天風雨無阻到圖書館報到，用一個保溫杯加一個小枕頭在自修室裡佔據了一個絕對不容管理員移動的位子。

而她，更隨身都攜帶著這支鉛筆，只要有機會跟任何人擁有超過五分鐘的對話，她就會把這支鉛筆從皮包裡拿出來，緩緩訴說自己因爲這一支筆，被耽誤了一生，而這個國家社會也因此少了一個醫術高超的好醫生。愛滋病之所以到今天還是絕症，台灣至今還是被拒於ＷＨＯ大門之外，這支鉛筆也有很大的責任。

在一個冬天的冷夜裡，她陰錯陽差踏進了不幸界的蒐集領域，見識了種種千奇百怪的收藏品，驀然回首，這才發現原來眞正的不幸之物，早已被她緊握手中……

□

「九把刀！你說！這支筆是不是很不幸！」

新莊王小姐的眼睛布滿了血絲，將一張陳舊的聯考成績單拍在桌上。

全場參賽者都屏住氣息，盯著展示出來的那張成績單。

是眞的，每一個科目都是零分，每一題都精準地劃錯，連一點一滴的運氣都不留給答題者，新莊王小姐絕對沒有誤會它，她手中緊握的，的的確確是一支受到詛咒的不幸之筆。

九把刀會給出什麼評價呢？

「脫掉。」九把刀有點不耐煩。

「脫……脫掉？」新莊王小姐突然很有感觸：「脫掉什麼？脫掉……我一身的不幸嗎？」

「不是，把妳身上的外套脫掉，馬上。」九把刀慵懶地命令。

新莊王小姐臉色鐵青地脫掉外套，裡面竟然是一件陳舊變色的北一女制服。

畢業都三十年了，她還是天天穿著那一件北一女制服，可見她多麼希望永遠停留在人生中最輝煌的時光，不知道有沒有常常洗。

「北一女，我當過她們學校的文學獎評審啊，人家不只會讀書還很歡樂好嗎？我一邊講評她們一邊大笑，我都不知道文學獎可以辦得那麼嗨。」九把刀隨意地說：「這位老北一女，我是不知道妳爲什麼要把自己弄得……除了讀書，人生其他什麼事都不重要啦，但我可以確定的是……」

全場的耳朵都豎起來了。

「妳故意自暴自棄的故事一點都不感人耶。」九把刀聳肩。

新莊王小姐看起來非常震驚，然後是非常憤怒的表情。

「我？自暴自棄……一點也不感人……」新莊王小姐大怒：「我在跟你講這支筆很不幸！誰……誰要你評斷我的人生！」

「妳公然唬爛我我就公然吐妳槽啊。聽好了老北一女，我不知道那年聯考妳爲什麼要故意答錯所有的題目，去報復誰誰誰，爸媽很嚴格？學校老師很機掰？隨便，我不想了解妳的人生裡有什麼黑洞。但我很了解啦！就算！就算！就算！那支鉛筆是眞的很不幸很帶雖好了，妳第一年沒考好，隔年再考一遍就好啦。」

「再考一遍！你知不知道再考一遍有多辛苦！有多……」新莊王小姐怒急攻心。

「如果隔年沒考上台大醫科，考上別間學校的醫科也可以吧？北醫？陽明？高醫？成大？不然就當獸醫啊？藥師啊？護理師啊？復健師啊？很多跟醫學相關的好東西可以唸耶，考不上台大醫科不會死啦。」

「台灣最強的醫科就是台大醫科！其他的我不唸！我要唸台大醫科！」新莊王小姐暴氣了，身上的北一女制服瘋狂震動中。

「我猜啦！但我猜的大概不會錯啦！」九把刀呵呵打斷：「就是吼，妳就是聯考一開始，就看到題目有一些沒唸到，不會寫，妳內心就崩潰啦，第一志願台大醫科耶，幾題不會寫就確定考不上了，妳不能接受失敗，乾脆卯起來故意亂答，沒想到眞的讓妳湊到通通零分，這也不簡單啦，沒有超強的實力是沒辦法做到這麼強大的失誤。假設選項有ＡＢＣＤ四個，要答對的機率是四分之一，要答錯的機率是四分之三，對一個答題高手來說，只是從裡面抓到一個絕對不可能的選項寫下去就可以了，比答對容易太多，而且當年有複選題，答錯要倒扣，對妳來說把不小心答對得到的分數倒扣光光，應該比控制月經週期還簡單吧。所以囉，眞相就是，不能接受考不上台大醫科的妳，情不自禁把自己的不完美嫁禍給一支鉛筆，哇靠，與其說妳太脆弱了，妳不如承認妳人也太差，連一支這麼天眞無邪的鉛筆妳都可以誣賴，根本就是吃定了那支鉛筆沒辦法替自己辯解，對吧？」

全場聽得目瞪口呆。

「九把刀你這個劈腿爛人！你憑什麼說我故意自暴自棄！」新莊王小姐面紅耳赤，萬萬不能接受九把刀這種說法：「高中三年我多麼努力用功讀書！我怎麼可能故意寫錯！你怎麼可以誣賴我！誤解我！曲解我！你根本……你根本不知道這三十年來我是怎麼過的！我……」

「我劈腿也不會劈妳啦醜女，關鍵就是作文，作文再怎麼樣都不可能零分吧？按照當年的聯考規定，作文不能用鉛筆寫，應該用原子筆或鋼筆，拜託，都唸到北一女了，作文隨便瞎掰一下都可以拿下一半的分數啊，呵呵，我看妳應該是一個字都沒寫，故意的，哈囉！妳故意的哈哈哈哈哈！被我抓到了吧哈哈哈哈！」

新莊王小姐抓著誤她一生的鉛筆，在講台上含糊不清地尖叫，尖叫的內容因爲聲音實在是太高亢了，沒人聽得清楚，但肯定是在憤慨九把刀對她進行很沒品的人身攻擊吧。

「停停停！吵死了，不要吵我就免費給妳一個忠告啦。」九把刀嫌惡不已。

「免費……是眞的嗎？」新莊王小姐馬上住嘴。

「誰的人生不是一把眼淚一口痰，各有各的慘啦，人生就是不停的吐血。妳不要繼續幻想妳想去台大醫科讀書，或幻想妳想去讀任何一間學校的醫科，或！或幻想妳想去當醫生想幫台灣進ＷＨＯ好嗎？沒有，妳不僅沒有那個能力，也他媽的沒有一點眞心想當醫生。用聯考零分報復妳自己，或是報復當初逼妳去唸台大醫科的誰誰誰，都好，報復在三十年前就該結束了，以報復的角度來說妳幹得很好。BUT！人生最重要的就是這個BUT！BUT妳這麼久沒唸書了，現在反悔了去考也考不上。不想唸，或是唸不了，都好，從現在開始就去做別的事，妳眞的很喜歡每天去圖書館破壞報紙就繼續去，反正現在報紙都沒人看了，如果妳突然不想去破壞報紙就不要再去，去做點別的，沒有人可以批評妳想過什麼樣的每一天，ＯＫ？」

「……」新莊王小姐呆呆地看著九把刀，眼淚撲簌簌地落下。

在這個不幸大賽的現場，多的是幸災樂禍的混蛋，弱者的眼淚只是徒增笑柄，大家瘋狂噓爆新莊王小姐，我注意到她手中的鉛筆就快要被揑斷了。

「結論，那支鉛筆被妳誣賴了三十年，是有點不幸，但要拿下今年最不幸的冠軍……還是不要吧？」九把刀無情地嚷嚷：「下一個！」

03

第二個上台的，是一個四十多歲的老阿姨。

「啊？是妳？」九把刀打了一個冷顫。

老阿姨個子矮矮的，四肢乾瘦，眼神卻像一隻蜥蜴，這裡看一下，那邊瞪一下，好像其他的參賽者都是她的殺父仇人。而她的手裡，拿著一根好大的狼牙棒。

那根狼牙棒散發出一股濃烈的殺戮之氣，我相信會場裡的所有人都跟我一樣頭皮發麻了。很明顯，那根狼牙棒就是她的參賽祭品。

「我的兒子，從小就是一個資優生。」老阿姨的眼神飄移閃爍。

「他不是。」九把刀翻了個白眼。

「他是！我的兒子是我根據農民曆上面寫的良辰吉時，掐著那個王八蛋的老二射在我的子宮製造出來的！在那一天……精卵交合出來的胎氣註定是人中之龍！他本來可以考上彰化高中，然後再考上台中一中，雄中！武陵！接著再考上建中！連北一女也沒問題！然後上台大！」老阿姨越說越氣：「但他最後只上了交大！全都是這一根不幸的狼牙棒害的！」

「交大……好像還不錯吧？不都說台清交嗎？」我有點不懂。

看來要好好聽故事，才會懂。

□

根據這位老阿姨娓娓道來，她兒子是她根據農民曆挑定了日子，再依照陰陽五行選定了地點，最後施展奇門遁甲把一個正在網咖打電動的放假阿兵哥綁起來，電擊他年少輕狂的陰莖直到非自主射精，用針筒插在尿道口，直接汲取還在發抖的最末端精液之後，再注射進她的陰道裡，完成自從聖母瑪利亞之後人類史上第二個處女懷孕的神蹟。

由於是湊齊了各種無可挑剔的條件下誕生的龍胎，神蹟之子一生下來，筋骨就異常地強韌，連蚊子都叮不穿他的皮膚，即使腳趾踢到了桌腳也從不喊痛，尿尿被拉鍊夾到龜頭也不吭聲，肉體的強度凌駕在地球上所有生物之上。

爲了鍛鍊他精神上的意志力，神蹟之子長大以後，老阿姨送他進全台灣最棒的小學，也就是彰化市民生國小。那裡治學嚴厲，校風肅殺，爲了維護秩序，校方還引進許多國中生進入學校擔任糾察，賦予他們自由痛打學生的權力，所有五年級生進教室前不分男女都得檢查屁眼，連上個廁所都必須表現良好，否則就得像公狗一樣尿在走廊上，營養午餐只能舔冰塊，一度是全台灣最難升上六年級的小學。〔註〕

但神蹟之子不愧是神蹟之子，他不但熬過來了，升上了六年級，還順利畢業！

神蹟之子再接再厲，國中就讀的是全台灣最有名的追女名校彰化市精誠中學！一切都照著老阿姨爲他設計的人生規劃前進，預計他在國三的時候以德服人，正式成爲精誠中學第一位還在就讀國中，就兼任校長的空前英才。

劇變發生在神蹟之子的國二。

有一天晚上，神蹟之子跟朋友剛剛在夜市吃完冰，就在孔廟附近遭到一群飆

註：請參閱購買《哈棒傳奇之哈棒不在》。

車族的襲擊，爲首的飆仔就拿著這根狼牙棒，不由分說就朝他的頭上揮出一記全壘打！頭蓋骨當場就飛了出去！

頭蓋骨飛出去，神蹟之子也昏倒了，一條野狗走過去舔他的大腦，足足舔了二十分鐘警察才姍姍來遲，神蹟之子高超的智商、一身的龍氣，也就在這段時間裡慢慢流失。最後，變成了一個大白痴。

天下父母心，老阿姨不能置信這個世界上竟然有一種兵器，可以掀飛她兒子無堅不摧的頭蓋骨，展開調查後赫然發現，這一把狼牙棒最早出現在《封神榜》裡，九尾狐妖妲己拿著它毆打姜子牙，打飛了姜子牙的頭蓋骨。然後是三國時代，貂蟬拿著它先尻董卓，回頭再爆呂布，兩片頂級戰將的頭蓋骨高高飛在襄陽城上，看得負責守城的郭靖黃蓉都傻眼貓咪，一旁假裝服侍的屈原趁貂蟬大笑分心之際，一把搶下，連人帶棒，一起摔進汨羅江裡同歸於盡，從此下落不明。

是的，只有這把連仙人都可以打殘的狼牙棒，傷得了中華民國的神蹟之子。

不管是什麼樣的尺寸，胸罩最後都會挑出一對可以駕馭它的奶子，凶器也會找到最適合它的主人。區區一個飆車族的族長，終究扛不了狼牙棒的氣場。很快地，這把狼牙棒輾轉流落到一個極凶之人手上，他拿著那把狼牙棒回到飆車族裡，用了一分鐘不到，就十分殘暴地滅掉全族，還斬下了飆車族族長的雙手十指。

那根狼牙棒被極凶之人隨手丟在地上。

而鬼鬼祟祟跟在後面的老阿姨，用了一塊紅布將它包好，保存至今。

□

「嗯……妳就是，當年拿著兒子的頭蓋骨開記者會那個瘋子？」我呆住了。

剛剛的故事我好像聽過，不過人物設定那邊總覺得哪裡怪怪的。

「我不知道你在說什麼，什麼記者會？正常人會拿兒子頭蓋骨開記者會嗎？胡說八道！」老阿姨嗤之以鼻，高高舉起那把狼牙棒：「總之！看好了！這就是全台灣最不幸的凶器！全彰化無人不知無人不曉的！孔、廟、狼、牙、棒！」

會場底下的大家面面相覷，不知道該怎麼接話。

九把刀面有難色，正思忖該怎麼講評時，一個老先生在人群裡舉起手。

「這位老先生好像有話要說？」九把刀示意老人上台：「來來來，靠近一點。」

老先生拾步上台，接過麥克風：「大家好，自我介紹，我叫陳忠保，我在彰化土生土長八十七年，去年才爲了參加北台灣盃不幸大賽遷戶口到板橋，彰化什麼東西我不熟！這麼多間木瓜牛乳大王哪一間最好吃我最懂！一百元電影折價券要去哪裡拿我也知道！孔廟有聽過！就是沒聽過什麼孔廟狼牙棒，我看這位太太是信口開河！」

老阿姨面無表情，閉上眼睛。

下一秒鐘，她突然在講台上狂奔，朝著老先生的頭揮出了一記狼牙棒！

「啊答！」老阿姨一聲怪叫。

老先生的頭蓋骨登時碎裂飛出，鮮紅的大腦直接裸露外曝。

精采！大家爆起如雷掌聲，就連老先生自己也忍不住鼓掌叫好。

「眞不愧是孔廟狼牙棒！好！好好好！我沒話說！我吃大便哈哈哈哈哈！」

老先生一邊拍手，一邊蹲在地上找尋掉在地上的頭蓋骨，大家趕緊原地立定跳，希望一不小心就把老先生的頭蓋骨踩碎。

老阿姨將狼牙棒插在講台上，威風凜凜地瞪著九把刀。

「阿姨啊，我說眞的啦，妳這根狼牙棒太厲害了，連獵命師的老祖宗姜子牙的頭蓋骨都被打飛，它的邪氣、它的造型、它的不幸指數，怎麼是朗基努斯那把爛槍可以比的呢？」九把刀一臉卑賤地循循善誘：「妳拿這麼不幸的好東西，去贏一個沒那麼不幸的獎品，這個吼，本末倒置，說不過去啦！」

「怎麼說不過去！我就是要贏！我要贏！」老阿姨散發出志在必得的殺氣。

「這個齁，就跟麥可喬丹從美國跑來台灣復興國小打籃球比賽，最後把獎金六千塊贏走，卻不夠他付機票錢的意思是一樣的。贏是贏了，但贏得很淒慘落魄啦。」九把刀眞的很會亂比喻：「身爲評審，我怎麼捨得阿姨妳淒慘落魄咧？」

「我人都來了！你說怎辦！」老阿姨不能接受，拿著狼牙棒慢慢走向九把刀。

「唉還有還有，妳那把狼牙棒很明顯是彰化之光，妳拿來北台灣比賽是不是有一點點犯規啊？好！停！STOP！妳不要走過來！我個人是不太介意跨界比賽這麼小的犯規問題！不，是一點也不介意！」九把刀的額頭上湧出一滴冷汗，示意老阿姨不要再拿著狼牙棒前進了，說道：「BUT！人生最重要的就是這個BUT！」

「BUT什麼！」老阿姨的雙眼充滿了血絲。

「BUT妳人都來了，很好啊，就在旁邊看大家講笑話啊。」九把刀一張嘴，輕輕鬆鬆就是一堆幹話：「妳的等級跟大家都不一樣啦，大家拿來比賽的破銅爛鐵就是一堆垃圾啊，妳那把狼牙棒不要跟那些垃圾一般見識啦，來來來，妳來坐在我旁邊，一起當評審，看誰不爽妳也不要客氣，一個狼牙棒就把他的頭蓋骨掀飛！這樣是不是有夠棒？」

老阿姨這才勉爲其難地點點頭，說：「也只有這個辦法了。」

老阿姨拖著連皮帶血的狼牙棒，大大方方地坐在九把刀旁邊。

「要讓我等多久啊！」

新擔任評審之一的老阿姨突然暴吼：「下一個！」

04

第四個上台的，是一個穿著制服的國小男生。很明顯，他蹺課。

「主持人，評審老師，各位叔叔阿姨，大家好。」國小男生一邊說，一邊向四面八方深深鞠躬：「我叫鐘鎮洲，今年就讀台北市大安區古亭國小四年級，我的成績很爛，不過我的運氣更爛，我今天是蹺課過來比賽的，希望我帶來的不幸，能夠請大家多多指教。」

鐘同學蹲下，從書包裡拿出一本厚厚的集郵冊。

不，那不是一本簡單的集郵冊。一翻開，裡面貼著滿滿的、各種活動、各種限量商品的排隊號碼牌，每一張號碼牌旁邊都寫著活動名稱、時間與地點。既然是各種活動的紀錄，理當充滿了歡樂的正能量，爲什麼鐘同學還沒開始解釋，我就感覺到那本號碼牌蒐藏本散發出一股寒意？

「不要以爲國小蹺課有什麼了不起，大家都唸過國小，一路蹺課到大學啦！」九把刀對男生一視同仁，沒在客氣：「有屁快放。」

鐘同學娓娓道來。

□

從小，我就喜歡排隊。

沒人要的東西，我不要。大家都想要的東西，我一定要！

比如說日本的一蘭拉麵剛剛在台北開幕的時候，人排好多，我也衝去排隊，排到天荒地老反正我就是一定要吃到，只是輪到我的時候，拉麵店的麵正好全部賣光光，只剩下一顆半熟蛋還厚臉皮問我要不要加蔥。我雖然很傻眼但也不是很意外，因爲我總是排在正好買到最後一個的再下一個。等到一蘭拉麵不須要排隊也可以吃到的時候，我就……不想去吃了。拜託，沒有人要排隊的拉麵一定很普通好不好。

又比如說啊，雖然我沒聽過盧大翔的歌，但聽說他的簽唱會人都排得超多，我就超想去排。國小三年級的暑假，我騙我媽說要補習，其實是跑去排盧大翔的簽唱會，唱片買越多張就可以抱越多下的那種。

那天隊伍人好多，盧大翔很興奮，他就一直抱一直抱一直抱，被抱的人就一直叫一直叫一直叫，快輪到我的時候，我已經準備好要全力尖叫了，沒想到盧大翔的手突然抽筋，無法抱抱了，不過他說他可以把手放下，純粹用腰力空幹我，我覺得很不爽，大家都有抱抱，只有我是被空幹，我不想要大家拿剩的東西，我就很生氣說誰要空幹啊我不要，馬上被工作人員轟下台。

後來我看到盧大翔一直空幹排在我後面的粉絲，天啊我眞的不能置信，他就是一直空幹每個粉絲，每個！每個都被空幹！而且大家被空幹的時候尖叫得更大聲，好像抱抱是一般款，空幹是限定款！我當然很後悔啊，決定再重排一次，三個小時以後終於又輪到我，沒想到盧大翔正在瘋狂空幹排在我前面那一個男粉絲時，腰突然閃到，他就被工作人員整個抬走了。

我眞的好恨我自己，爲什麼每次快要輪到我的時候我就偏偏這麼倒楣呢？

我去排柯比的限量簽名球鞋，一定是排在我前面的那個人買到最後一雙。

我拿點數去全聯換雙人牌的鍋具，最後一個贈品剛好被排在我前面的叔叔換光，我只能換不鏽鋼環保筷。

幫我媽媽拿發票去百貨公司換來店禮，一把潮牌雨傘，輪到我時剛好沒有。

罩。

前幾天我去藥局排隊買口罩，一定是排在我前面的那個人買到最後一個口罩。

最悲慘的是，有一次我去台北國際成人色情展參觀，其中有個活動是粉絲排隊摸AV女優的奶，排到了，就可以在現場臨時搭建的小帳篷裡，限時一分鐘之內戴著手套任摸，摳屁眼、攻擊奶頭，只要不超過一分鐘就通通都可以。

現場有超級多的色鬼衝去拿號碼牌，我當然也拿了。

雖然我一向覺得排隊的隊伍越長越好，越長就越有價值，但我沒有摸過奶，眞的，我發誓，雖然我已經小學四年級了，但我眞的完全沒有摸過奶，連乳牛的奶子我都沒摸過，所以我在拿號碼牌時認眞反省了一下我的運氣，這次不能再欺騙自己排隊的過程比排隊的結果還重要，今天最重要的是一定要摸到奶。

既然我排隊的運氣一向不好，喔不是不好，是很爛，所以我很認分，沒有去排奶子最大的女優巨乳玲杏的隊，也沒有去排傳說中叫聲最淫蕩的女優吟雀美奈的隊，也沒去排皮膚最白的女優白霜雪子的隊。

我謙卑地向命運低頭，去排隊伍最少的女優，伊良部霸子的隊……

□

「等等，不可能吧？你是小孩耶？小孩怎麼進得去成人展？」九把刀馬上打斷：「唬爛也要講求一定比例的合理吧？我們這裡是不幸大賽，不是吹牛比賽！」

「謝謝評審老師的發問，是這樣的，我稍微駝背，假裝自己是侏儒，加上我那天沒有穿國小制服，很順利就進入會場排隊了。」鐘同學有條不紊地解說。

「假扮侏儒……眞的是道德淪喪啊。」九把刀拍案叫絕：「繼續！繼續！」

05

伊良部霸子，光聽名字你可能以爲是個醜女，其實不是。

她連醜女都算不上，專門在獵奇Ａ片裡演一些奇怪的雌性生物。比如說，把全身皮膚塗成綠綠的、頭上再戴一個白色碟子，就可以演被村民強姦的河童了。比如說用白布把全身裹起來，就可以演被考古學家凌辱的木乃伊。有時還會在電車上吃大便，或在大白天的公園裸奔放風箏，或是在演唱會裡粗魯地幫不知情的路人口交，在便利商店一邊結帳一邊尿尿。總之你能想到的變態行爲，一般日本Ａ片都能想到，你不敢想的，日本Ａ片也不想去想的，暗黑企劃組通通都幫你想好。伊良部霸子就是一個幫助Ａ片劇組完成各種不可能企劃的……獵奇演員。

由於伊良部霸子的特殊屬性，排在我前面的都是一些看起來特別猥瑣的大叔，雖然我的品味跟他們不一樣，但今天就算了，我只求摸到奶，就算是河童綠綠的奶我也要摸個夠。

時間一分一秒過去，排在我前面的那些變態大叔一個一個進去帳篷，又一個接一個離開，就快要輪到我了。我越來越不安，畢竟我排隊的運氣眞的很爛，眞的輪到我時會場發生什麼意外也是很可能的。我越焦躁，我的下面就越來越脹，好想尿尿，但又不像是一般的尿尿，我猜這就是長大的感覺吧。

總算輪到我的時候，我眞的很感動，心想過去一直跟命運對抗果然是錯的，乖乖排人少的隊才是我的本命。

我趕緊鑽進帳篷，一進去，就看見伊良部霸子全裸躺在草蓆上，敬業的她一樣把全身塗綠綠，頭戴白色碟子，裝扮成她最知名的角色野生河童，四肢打開，發出隨便大家摸的沉重鼾聲。

醜不醜？醜！

摸不摸？摸！

正當我戴上手套，打算把這隻睡死了的河童摸到天地不容時，睡夢中的伊良部霸子突然驚醒，看著我，然後吐了一大口熱熱的黏液在我臉上。

我呆住了，這是新的人物設定嗎？

沒想到伊良部霸子繼續吐，一直吐，每次噴射都直接吐在我的臉上，我保持冷靜想感受一下這些嘔吐物裡面含有什麼色情成分時，我突然想到，剛剛走出帳篷的那些猥瑣大叔除了表情詭異外，臉上都乾乾淨淨的沒有異樣，所以說……現在一直黏在我臉上臭臭黏黏的東西，應該不是河童的新設定吧？

細思極恐，我嚇到大叫，帳篷外面一個工作人員衝了進來，看到我一臉穢物，又看了不停嘔吐的伊良部霸子，工作人員趕緊確認了一下伊良部霸子的健康狀況，馬上從外面叫了更多工作人員進來幫忙。

當我拚命抹掉臉上那些亂七八糟時，伊良部霸子被工作人員手忙腳亂抬了出去，還引起帳篷外一陣騷動。

帳篷裡，只剩下一個國語生澀的翻譯助理負責跟我道歉，那位小姊姊說，伊良部霸子因爲身上綠色塗料過期了，導致她皮膚過敏，加上一整天脫光光被大家摸奶摸到感冒，併發急性腸胃炎，吐了我滿臉，眞的很抱歉。

我才國小四年級，被河童吐臉，當然是嚇到完全說不出話，還一直哭，直到翻譯助理小姊姊用很生澀的國語跟我說：「很抱歉侏儒先生，讓您久等多時，還辜負了您的慾望，可以勉爲其難讓我代替霸子小姐，給您依照約定再加十倍的十分鐘亂摸，作爲賠罪嗎？」我才整個醒過來，把眼淚跟鼻涕都縮回去。

助理小姐聞起來香香的，大概二十幾歲，大學剛畢業的樣子，臉乾乾淨淨，眼睛細細長長，好有氣質，比我在學校看過的所有老師加起來都還要漂亮，不，甚至也比現場所有妝畫得很濃的ＡＶ女優都還要正！

她一邊跟我道歉，一邊脫掉專業的黑色套裝，露出粉紅色的胸罩，這個小小的帳篷裡，充滿了她身上的水蜜桃香水味。

有句成語說塞什麼失什麼，又闇知什麼的，絕對就是現在這個情況了。我真的好感動，除了點頭還是點頭，雖然足足有十分鐘可以亂摸，但我還是把握時間戴上了手套，等小姊姊把胸罩一脫，我就要用力抓！我要一直揉一直

揉一直揉一直揉一直揉一直揉一直揉一直揉一直揉一直揉一直揉一直揉一直揉一直揉一直揉一直揉一直揉一直揉一直揉一直揉一直揉！

□

講台上的鐘同學彷彿回到了當時的帳篷現場，面目猙獰，十指成爪，虛抓空氣。

「我猜！那個小姊姊是個男的！」一個參賽者大吼，打斷了鐘同學一直揉。

「我也猜！他等一下脫褲子，懶叫就會彈出來！」我也大聲加入。

「一定不會有什麼好事！她的奶子是假奶！矽膠的！」旋風砲砲手也大吼。

「矽膠的也照摸啊！對不對小弟弟！管他是不是矽膠啊！」不知道是誰鬼叫。

「河童都可以摸了！矽膠算什麼！」又一個色鬼在大吼：「摸下去我支持你！」

九把刀老神在在地瞎猜：「然後咧？反正一定沒摸到奶吧，摸到奶的話，你今天拿來的那本號碼牌蒐集冊就跟不幸無關，只是一本亂七八糟的廢物。」

鐘同學停止了一直揉一直揉的表演，深呼吸，表情總算是慢慢和緩了。

他知書達禮地說：「是的評審老師，就在翻譯小姊姊慢慢解開胸罩的前半秒，一堆警察突然衝進帳篷，說有正直善良的民眾檢舉這些ＡＶ女優沒有申請工作證，純粹以觀光名義申請來台灣玩，卻公然販售門票被摸奶，分明是商業行爲，所以逮捕了現場所有工作人員，當然也抓走了一臉哀傷的助理小姊姊。而我呢？那些警察看到戴著手套準備摸奶的我，每個都很兇，問我年紀小小的在這裡幹嘛？我說我是侏儒，還反問他們法律有禁止侏儒摸奶嗎？那些警察就把我一起抓走了。過了幾個小時，他們打電話叫我媽媽用最快的速度把我從派出所領走，不然就要告我假冒侏儒。」

大家都傻眼了，好丟臉的結局。

果然不幸，非常不幸，超級不幸。

「那天過後，我一直在想，那個助理小姊姊的胸部，到底長什麼樣子呢？」鐘同學閉上眼睛，神速進入了深層的幻想：「比起沒有揉河童的綠奶，差一點就能摸到翻譯小姊姊的大學畢業生奶，還要讓我後悔，後悔一千倍！一萬倍！如果有一台時光機，我願意把時間設定在……」

好可怕的國小四年級，台灣的國小已經跟我當初唸的時候，完全不一樣了！

「我……我好想收藏那本號碼牌紀錄本啊！」旋風砲砲手心癢難搔。

「可惡，眞的很不幸……我也想摸那個小姊姊的奶！」

「這恐怕是我人生中聽過最不幸的事了，該死……冠軍提前出爐了嗎？」

「錯過盧大翔的空幹，錯過河童的綠拿鐵，錯過小姊姊的粉紅草莓奶，他到底還錯過了多少好東西啊……那本號碼牌紀錄本怨念好重，我好想要！」

「太不幸！太有故事性的不幸！收藏本跟小姊姊的奶，我都想要！」

不只旋風砲砲手，有好幾個收藏家看起來都很激動，恨不得將它據爲己有。

九把刀用專業的眼力，非常仔細翻閱著那本號碼牌蒐集冊，徹底鑑定每一場活動的排隊價值，翻了一遍還不夠，還翻第二遍，他如此挑剔又專注地確認，看在會場幾十個收藏家的眼中，大大提升了那本號碼蒐集冊的價值。

「我是這樣想的啦，喜歡排隊很好啊，排隊的哲學博大精深，沒排過十年以上的隊是領悟不到箇中奧義的。你年紀還小，就有假扮侏儒的人生智慧，繼續排隊的話一定可以成爲萬中選一的排隊大師，BUT！」九把刀的語氣竟是如此溫柔：「人生最剛好的就是這個BUT－BUT如果你可以一邊排隊一邊唸書的話，就會知道『塞翁失馬，焉知非福』這句成語要怎麼寫，A man lost his horse, but it is better.這也是排隊的附加好處，知道嗎小朋友？」

「謝謝評審，以後排隊的時候我會注意這一點，把握時間努力用功讀書，將來成爲一個對國家，對社會，對不幸界，都有用的人。」鐘同學有點感動地說。

「還有一點。」九把刀的表情突然嚴肅起來。

「嗯？」

「我很仔細翻，翻了兩次，從頭，到尾，翻了兩次，發現裡面都沒有我的簽書會的號碼牌耶？」九把刀的眼神充滿了殺氣：「幹你對我有什麼意見嗎？」

「……報告評審，我聽去過您簽書會的同學說，不管人多人少，不管場地時間到多晚，您都會簽到最後一位。雖然感覺上很敬業，但您的做法也讓排隊變得……無論如何一定排得到，不是嗎？」

「到底在亂扯三小啦？」九把刀皺眉。

「不，報告評審老師，我不是亂扯，我是說，如果不管多晚都一定簽得到名，那樣一來，那種擠在長長的隊伍裡，很緊張，很焦慮，不敢中途跑去尿尿，不知道限量會不會輪到自己的恐懼感，不就通通消失了嗎？」鐘同學戰戰兢兢地解釋：「一定排得到，跟，不一定排得到，當然是不一定排得到，要刺激多了不是嗎？」

九把刀冷笑，但竟然點點頭，算是認同了鐘同學扭曲的心態。

評審一點頭，不幸會場上的參賽者與收藏家，也理所當然地拍手叫好，表示一念天堂一念地獄的衝突感，正是「不幸」最需要的奧義，集體給了這本排隊號碼牌蒐藏冊極高的評價。

「很好，身爲一個故意跟成功保持距離的北七，你做得很好，千萬要再接再厲。」九把刀聳聳肩，大聲喊道：「下一個白痴是誰！」

06

第四個上台的，是一個五官端正、一臉正氣的中年男子。

頭髮上鋪著一層油油亮亮的髮蠟，距離五公尺就聞得到濃濃的健身房香水，臉上沒有一點鬍碴，刻意鼓起的結實胸膛，一身燙得筆挺的警察制服，腰帶與皮鞋都擦得亮晶晶，與其說是一絲不苟，不如說是刻意表現出的蓬勃朝氣。

「大家好，我叫什麼不重要，重要的是我身上這件制服，是的，我是一個警察，編號……呵呵，編號今天也不重要，隨便，就叫我５６７８好了。」

自稱５６７８的警察拿出一台新式的拍立得，加強了語氣：「更重要的是，我手上這一台相機，全台灣最不幸的相機。」

□

故事要從５６７８考上警校後的那一年暑假開始說起。

還記得風和日麗的那天，嚴酷的新生受訓剛剛結束，５６７８才踏出校門，馬上就攔計程車急衝到女朋友家想來一砲。整整一個月都沒時間打手槍的他，在車上一直竊喜，等會兒一定要讓女朋友見識見識他在烈日下曬得油亮的皮膚，跟筋肉糾結的陰莖。

是的，如你所料，當他拿起放在門口花盆底下的鑰匙，偷偷地、滿懷期待地打開女友房間時，看到了不堪入目的畫面。

你料到了一二三四，但你一定沒有料到，正在幹５６７８女友的，是一條正在發情的比特犬，房間角落另有一條黃金獵犬跟一條比熊癱軟在一旁，看來都已被使用過度。他的女友跪在地板上，嘴巴裡咬著一塊飛盤，眼睛用黑布蒙住，兩腿開開，全身飆汗抖動。

５６７８呆呆看著這一幕，身爲愛狗人士的他，當然不會對狗狗們下毒手。５６７８只是順手拿起了放在電視機上的這台拍立得，按下了快門。

快門聲沒有驚醒比狗還陶醉的女友，卻開啓了５６７８與攝影之間的緣分。

警校畢業後，５６７８主動申請的業務，是一般警察最討厭、最逃避、據說非常穢氣的色情產業臨檢。

雖然警察職務規定，臨檢時無論如何必須先敲門並告知權益，但５６７８酷愛省下這個程序，每次都以得到毒品交易的線報爲藉口，用汽車旅館業者給他的鑰匙直接打開房門，朝正在打砲的男女按下快門。

接下來發生的事，已經跟正義無關了。

５６７８會先調查驚慌失措的兩人是否正在進行毒品交易，得到的答案當然是否，此時５６７８會用半信半疑的表情抄下兩人身分證後面的住址，打電話回派出所核對是否是通緝犯。這段查核身分的期間，５６７８會以防範兩人突然掏出武器攻擊警方爲由，命令兩人不准把衣服穿上，維持脫光光，雙手舉高，兩腿打開，在半空狗爬式假裝游泳，或是不斷立定跳，好跳出他想像中會藏在肛門或陰道裡的白粉。

等到派出所回報兩人身分無誤時，５６７８會以暖心的語氣告誡衣衫不整且非常緊張的兩人，其實呢，他知道兩人之間並非情侶關係，而是嫖客與妓女，但男歡女愛很正常，只要不涉及毒品，性產業呢他是相當支持合法化的，請兩人不須要害怕會被移送法辦。

至於剛剛拍下的性愛照片，由於拍立得是警方公物，每一張照片都有編號，張張都得依法列管核銷，按照程序必須讓兩人在角落簽名並附上身分證編號，註記自己絕對不是嫖客也絕對不是妓女後，由他帶回派出所呈交檢察官簽核，才能合法銷毀。

每一個嫖客與妓女都趕緊在照片上簽名，並熱淚盈眶跟5678握手道謝，謝謝5678放他們一馬，給了他們改進的機會。5678收獲了滿滿的感恩。

十年後，5678匿名在暗網，舉辦了空前盛大的嫖客攝影展，展出了多達一萬張嫖妓到一半突然被警察破門而入抓包的驚恐照，以及兩腿開開立定跳的狼狽模樣，內容色情與醜陋兼具，加上嫖客與妓女紛紛具名的真實感爆棚，大獲網友好評。

很快地，這些照片就從暗網流出，流到了大大小小的色情網站，這些妓女與嫖客的真實身分也在網友好事地查證下一一曝光，造成了許多家庭與職場上……

□

會場裡的大家聽得目瞪口呆，還有人馬上拿起手機搜尋那個爛攝影展。

我是不知道其他人怎麼想的啦，聽了以上的故事，我拳頭都硬起來了。

「警察制服只是輔助，攝影才是本體。」5678彬彬有禮地微笑：「十年了，帶給許多嫖客與妓女不幸的人生衝擊，就是我手中這一台拍立得。對了，關鍵字請搜查嫖客妓女嚇一跳線上攝影展。」

大家好像很快就用這幾個關鍵字搜尋到大量的照片，紛紛發出嚴厲的譴責。

「幹！原來嫖客長這個樣子啊！長那麼醜難怪要花錢幹女人！」

「這個妓女嚇一跳的表情眞好笑哈哈哈哈！」

「靠這個妓女我好像嫖過！眞的！一模一樣！告訴你她我眞的嫖過！」

「哈哈哈哈笑死我啦！這個妓女乳暈好大好好笑啊哈哈哈哈哈！」

「你看你看！他的雞雞好肥啊！入珠入成一條玉米啦好醜啊啊啊啊啊！」

「他嚇到摔下床啦！整個倒頭栽啊哈哈哈哈！」

「這一組竟然在發呆！門被踹了整個都傻掉了吧！」

「哇！大家看！人形蜈蚣！這一串至少有十個人在雜交吧！好髒啊！」

「這些嫖客的表情看起來眞的好不幸啊！王大明！我們遇到對手啦！」就連炫風砲砲手也看得不亦樂乎：「說不定你的蛋眞的會被銷毀喔哈哈哈哈哈！」

我的天啊！我怎麼會沒有想到呢……這種超級爛的不幸大賽，聚集的本來都是一群……幸災樂禍的混蛋嘛！每個人的嘴巴都很壞，七嘴八舌的嘲諷聽在5678的耳裡，應該很悅耳吧？

5678沒有一點點改變他的表情，他只是靜靜注視著九把刀，用一種「只有專家才能了解專家」的態度，期待九把刀給出旗艦級的評語。

「滿壞的嘛你。是說，後來你女友咧？」九把刀倒是一貫的淡定。

「報告刀大，我娶了她，並領養了更多狗。」5678的表情沒有任何變化：「不過她只是故事的起點，不是不幸的重點，重點是我手上這一台相機，請刀大注意，這台相機的不幸不是天生具備的，而是我親手慢慢累積的，我用它的鏡頭，努力將無數嫖客爽死了的瞬間，延遲轉化成一堆災難。海嘯級的災難！」

「我說5678啊，我猜，當年你老婆被狗幹的畫面，也在那個嫖客攝影展的相簿裡面吧？」九把刀抓抓頭。

「是的刀大！那張比特犬瘋狂抽插我老婆的照片，的的確確就是攝影展的主題封面，最多人按讚就是那張啊！」被一語命中，5678竟喜不自勝。

「呵呵，我猜啦，我只是猜啦，雖然我真的是很會猜。」九把刀倒是一臉意興闌珊：「我猜你之所以娶你老婆，只是爲了要近距離欣賞她被人肉搜索後，崩潰的表情吧？」

５６７８深深吸了一口氣，用千里馬終於遇到伯樂的表情歎道：「謝謝刀大，我不只忍受那一瞬間的屈辱，還娶了那被狗幹的婊子，的確就是爲了在多年後，親自位於搖滾區跟她說，是的老婆，就是我把妳被狗幹的照片放在網路上的，請問妳現在做何感想？我把照片標題命名爲被狗白嫖的人妓，妳要怎麼感激我？」

大家眞的都聽呆了。

５６７８臉紅紅，完全掩飾不了內心的興奮：「刀大，我這種自我毀滅的心態是不是很變態？我的人生是不是可以被你改編成小說？我手裡的拍立得是不是非常不幸！」

我眞是大傻眼，不過……然後呢？你老婆跟你說了什麼？

「謝屁，今天你參加的是不幸大賽，不是人渣大賽，不然冠軍就直接頒給你了。」沒想到九把刀一臉嫌惡：「聽好了５６７８，在台灣當警察眞的太浪費你的無恥跟下賤，你比較適合去[redacted]當黑警。」

聽到黑警兩字，５６７８呆愣了一下。

我瞪著九把刀，天啊我老闆在公開場合嗆[redacted]黑警，難道不怕被[redacted]封殺嗎？他給我的錢已經夠少了，如果再加上被[redacted]封殺，下個月還能不能付給我薪水啊這個口無遮攔的笨蛋！

「刀大！你果然又猜對了！[redacted]一直都是我夢想的天堂啊！」

5678突然很激動，被偶像肯定的眼淚直流而下：「每一次我在網路上點開跟[redacted]示威有關的影片，看到催淚彈在那些抗議人潮中爆開，我就會興奮，看到辣椒水我就好想拿起來噴別人的眼睛，看到棍子就想抓起來打，打什麼都好！重點是一打下去就停不下來啊刀大！你知道嗎刀大！自從我老婆在我面前跳樓的那一刻起，我的性慾就一直找不到出口，我的身體一直都很熱，很熱啊刀大！眞想找一個素昧平生的……刀大！我眞的好想衝去[redacted]當黑警啊！」

「那你還不快去？」九把刀挖鼻孔。

九把刀鼻孔還沒挖乾淨，一旁的老阿姨一個箭步就衝上去，唰！

「啊答！」老阿姨又一聲怪叫。

註：由於[redacted]，[redacted]又[redacted]，導致[redacted]且[redacted]，所以[redacted]＝[redacted]。

受詛咒的狼牙棒在半空中畫出一道慘烈的弧線，５６７８的頭蓋骨登時飛了出去。

原本吵得要死的會場瞬間安靜。

５６７８呆呆地摸了摸失去頭蓋骨保護的、白白肉肉的腦袋，眼神好像有點迷惘，摸到軟軟腦球的手指卻又興奮地顫抖。

「原來，這就是……被……」有點腳軟的５６７８呼吸越來越急促，流露出被虐的快感：「被私了的感覺嗎？好像……滿有意思的……」

話沒說完，５６７８就笑笑倒下，暈了過去。

「妳幹嘛啊妳？」九把刀難以理解地看著老阿姨。

「不是我……是狼牙棒它自己……」剛剛揮出全壘打的老阿姨，變得支支吾吾：「自己飛出去，不小心打到一個黑色的物體。」

「扯什麼黑色物體？狼牙棒會自己飛出去？我說老阿姨啊，妳這是何必呢，雖然他是一個人渣，但今天會來參加這種不幸大賽的選手，哪一個不是心態扭曲呢？更何況，暴力無論如何都是不對的，就算是他先動手，妳還手還是一種暴力，他暴力，妳暴力，這樣妳跟他有什麼分別呢？」九把刀很遺憾地看著老阿姨，不停地說教：「況且這個人渣又沒打妳，是妳先尻他，隨隨便便就把一個人的頭蓋骨打飛，對我們的下一代，眞的是一種很不好的示範。」

老阿姨被說得啞口無言，大家也都感到有點不好意思。

「暴力眞的不好，我們不要變成我們想要對抗的那種怪物。」

憂心忡忡的九把刀走到5678身邊，把昏迷不醒的5678的褲子脫下來，從口袋裡拿出一支用來應付書迷簽名的麥克筆，慢慢在5678的陰莖上寫字。

「暴力眞的不好，眞的不好，我最討厭暴力了，說眞的，兩次世界大戰都死了多少人了，到底有什麼事不能好好溝通呢？人與人之間最重要的，就是信任，信任就是建立在愛與勇氣之上……」九把刀嘮嘮叨叨。

只見那條軟軟的陰莖上，慢慢出現「黑警死」三個字，再加上陰囊上的「全家」兩字，完全可以感受到人與人之間的溝通，正是傳說中的愛與勇氣。

最後，九把刀拿起掉落在講台上的拍立得，對著沒穿褲子的5678拍了好幾張經典傳世的照片，大家也一起入鏡比讚，紀念這場不幸大賽的意外插曲。

07

接下來的參賽者拿來比賽的祭品，一個比一個還要匪夷所思。

有一大本相簿，裡面都是婚禮現場的側拍照，有的曝光過度，有的只拍到腳，有的只拍到後腦勺，有的晃到天旋地轉，有的角度奇特又朦朧，有的打光死硬把台上的新人拍成金童玉女。唯一對到焦的，是趕場致詞的立法委員跟桌上的食物。據說相片洗出來後，新娘跟新郎大吵一架，隔天就離婚了。

九把刀翻了翻，嘖嘖：「把婚禮拍成喪禮，也不是完全沒有道理啦，未卜先知加上誘人吵架，這個藝術層次真的很高啊……」

有一張巨大的抽象油畫，筆觸氣勢磅礴，卻在小小的角落出現了一個極度幼稚的卡通圖案，跟主視覺的風格大矛盾，引起了名畫收藏界爭相討論。據說是一個前途無量的新銳畫家在作畫時遭到謀殺，死前靈感大爆發，拖著垂死的身體掙扎塗鴉。畫家失血過多，揮灑而死，整幅畫散發出一股濃濃的不幸。

九把刀淡淡地給了高分：「這個作品不幸的內幕……我多多少少知道啦，大家不要太深入了解啊，一不小心就會死翹翹喔。」

有一張NBA勇士隊獲得季賽七十三勝後的現場大合照，每個球員都笑得很燦爛。

九把刀點頭：「史上最強亞軍，太慘了，慘慘慘慘慘慘慘，但沒有附上追夢綠嗆了一整季的奪冠宣言，畫龍沒點睛啊。」

有一罐儲存了四十五年的處男白果醬，家庭號，還持續增加中。

九把刀吐了：「會儲存白果醬的人，活該當了四十五年處男，噁，拿走。」

有一條入珠失敗的大陰莖，泡在福馬林裡面載沉載浮，像一條肉色的玉米。

九把刀倒是仔細研究了很久，評鑑說：「看起來是滿恐怖的，但背後的故事呢？啊？沒有？沒有故事，這不過就是一條入珠入到爛掉的陰莖而已，可惜可惜。」

有一支逾期未還十七年的錄影帶，附上一張被累積罰了七十五萬的收據。

九把刀皺眉：「時代的眼淚啊。是說被罰了這麼多還照付，這種人品哪裡找？」

有一根在兩好三壞關鍵時刻，一定會讓打擊手揮棒落空的球棒。

九把刀拿起來細細品味：「是有一股妖氣，但……好像也沒有特別了不起？」

有一本非常紮實每一頁都寫滿滿的暑假作業簿，可是開學前一天放在鄉下外婆家，沒帶去學校，結果老師不相信，認定放在外婆家是藉口，毒打了這位努力寫完暑假作業的同學，造成這個同學從此以後發誓不再寫暑假作業。

九把刀嗤之以鼻：「這種暑假作業老師都沒在看的啦！」

有一把被泌尿科醫生拿來割包皮的專用刀，四十年來，這把刀一次也沒消毒過，還常常被醫生娘拿去切水果，不知有多少生殖器因此術後感染，必須回診截莖，讓泌尿科醫生再賺一次手術錢。當然了，截莖所用的刀還是同一把。

九把刀有點感動：「很好，超不幸也超沒品！比賽就是要這樣！」

有一張在新竹某醫院門口，跟特地歸國動手術的黃姓祖國歌手勾肩搭背，一起拿著健保卡比讚的粉絲合照。

九把刀趕緊推走：「不要這樣，我不想被告。」

有一雙剛買一分鐘，就被雨鞋踩到的限量喬丹簽名鞋。

九把刀嗤之以鼻：「小題大做，無聊！」

有一個透明玻璃罐裡，裝了二十幾顆牙齒，據說是一個住在東京的家庭主婦，硬是拿老虎鉗把自己嘴裡的牙齒拔光光。到底她為什麼要這麼做沒人知道，只曉得她把牙齒拔光後，就用耳扒插進耳朵深處的激烈方式自殺。

九把刀嘆氣，沉默不語。

有一台在老家大掃除時，在地下室發現的舊冰箱，裡面躺著一個不知名中年大叔，由於冰箱還插著電，大叔凍得栩栩如生，可拾獲者查遍了親戚朋友的族譜都沒有人見過，也不知道大叔給凍了幾年。

九把刀捏著鼻子大驚：「幹，好邪門！這應該去報警吧？」

有一把號稱怎麼調整，都沒辦法畫出一個正圓的圓規。

九把刀罵道：「充其量就是一個爛圓規。」

有一台剛買一秒鐘，來不及套上保護殼就掉到地上，螢幕粉碎的蘋果新手機。

九把刀無言：「……鬧夠了嗎？」

有一個從香港買回來的戴森吹風機，很貴，卻有一個電壓不符台規的插座。

九把刀這次卻不爭氣地笑了：「爛到笑！送給香港的朋友啊是不會喔？」

最怵目驚心的是，一條長達十九公尺的乾癟肉條。

那是從警方的證物間裡偷出來的證物。肉條上黏著一張當年案件的新聞剪報，上面寫著師大宿舍發生了一起神祕的陰莖傳染病，宿舍裡的男生，每一個人的陰莖都變得越來越長，整棟宿舍都被陰莖藤蔓攀爬蔓延，變得很陰森，過度增長的陰莖吸取了男同學身上的養分，造成許多人營養不良暴斃。帶來祭品的參賽者說，雖然每天他都會用75%的酒精擦拭它，但還是不敢對著這個妖氣四射的肉條看太久，怕陰莖會慢慢發脹變長。

「最好有這種事啦。」九把刀有點心虛地說：「不過瞎掰得有創意，大家拍手。」

每個參賽者輪流上台介紹祭品，帶來一個個離譜又荒謬的不幸故事，依照我自己的感覺，目前分數最高的第一名是四十年都沒消毒過的包皮手術刀，第二名是鐘同學那本排隊號碼牌蒐藏冊，第三名是沒品警察5678的相機，最不知道怎麼給名次的就是那條乾癟長陰莖，畢竟當年的新聞太扯，眞假難辨。

九把刀掃視現場。

「就這樣？每個參賽者都扯完了嗎？難得我這麼偉大的作家，光降到你們這麼不幸的會場擔任評審啊，大家除了感到萬分榮幸之外，還是要把握機會啊！」

九把刀有意無意地瞥了我一眼：「還有沒有人要爭奪不幸的冠軍啊？」

旋風砲砲手大叫：「有！我幫我的朋友報名了！王大明！」

關於素子跟我之間的愛情故事，我，已經準備好了。

我慢慢拾階上台，從背包裡妥妥地拿出素子跟我的寶寶，愛的結晶，大蛇蛋。

詭異的狐臭瀰漫開來，台下的大家不約而同皺起了眉頭。

「主持人，評審，各位優秀的參賽者……除了那個爛警察，大家午安。」

還沒講，自己就開始感動了，我摸著大蛇蛋的手正在顫抖。

「我叫王大明，是一個為愛而生的男子。」

08

從小，我就是一個熱愛旅遊的男子，經常到有山有水的地方尋找自我。

有一天我熱愛攝影的好朋友阿祥，說花蓮深山很漂亮，想去幽境探訪拍照，義薄雲天是我從小到大我最常聽到的讚美，閒閒沒事的我，當然陪阿祥一起去，順便撿拾登山客亂丟的垃圾做做環保。

萬萬沒想到，我們在深山裡遇到一條修煉千年的蟒蛇精，蟒蛇精誤會我們是亂丟垃圾的沒品人，一開口就把阿祥吃了。牠用法術轉化阿祥的基因，慢慢變成了阿祥的樣子，既然大家都是人的模樣，就有溝通的基礎，我耐心跟阿祥版蛇精解釋說這一切都是誤會後，牠也感到很抱歉，甚至無地自容了起來。

抱著一顆悔過的心，阿祥版蛇精跟著我一起回到台北，在人類社會裡展開新的修煉，學習關於人類的一切。

在我的循循善誘下，阿祥版蛇精逐漸了解身爲一個人類的喜怒與哀愁，學習了人類社會的規範，同時，也跟我發展出眞摯而純粹的友情，一起經歷了很多稀奇古怪的事，甚至打敗了胡亂綁架地球人、用地球人的屁眼遂行各種殘酷實驗的外星人——刺刺武國星人，讓我們之間的信任更加堅固。

某一天晚上，阿祥版蛇精爲了報答我的恩情，幻化成一個絕世美女的模樣，用她的身體撫慰了我被這個社會無情摧殘過的身體。從那個纏綿的夜晚開始，我爲她取了一個美麗的名字，素子。

素子跟我之間的愛情飛快進展，到了我不可一秒沒她，而素子也不可一秒沒我的境界。是的，我必須承認，我的性能力就連妖怪也能輕易地滿足，或許這就是我的天命吧！因此，如何排遣堆積如山的肉慾，也是我教導素子關於人類的重要課程。每天，我們除了上床，就是在前往床的路上。素子就是在這個時候懷下了我們的孩子，再再印證了，我的性能力是跨越不同物種的橋梁。

過度幸福的日子終究遭到了反噬。曾經被我跟素子聯手擊敗的刺刺武國星人，捲土重來，誓言要用殘酷的外星科技追捕我們到天涯海角。

一次次逃過外星人追殺的我們，耗盡了身心，夜不成眠，終於認清了只有把素子送到安全的地方，我才能夠從容地，安心地，與那些邪惡外星人周旋到底。

費盡心思，我終於找到了時光機，預備將素子送往五百年前的明朝躲藏。

出發前，素子緊急下了蛋，將孩子託付給我。我也爲素子取了一個新名字。白素貞。

□

「這顆蛋，就是我跟素子愛的證明，素子，我愛妳！」

高高舉起大蛇蛋，我被自己感動到哭得不成人形，連鼻涕都噴出來了。

會場底下的每個參賽者，個個一臉迷惘，眼神呆呆，嘴巴開開，就連旋風砲砲手的頭也歪了一邊，難道是太感動了，太衝擊了，導致顏面神經癱瘓嗎這些人？

「幹好臭！你的蛋臭掉了啦！」

「你在扯什麼啊？天花亂墜的！誰信啊！」

「就算是眞的，跟吃掉自己朋友的大蛇交往，你還是不是人啊！」

「好臭有夠臭超級臭！根本就是狐臭！髒死了快丟掉啦！」

「講到哭？從頭到尾沒一個部分是正常的！當我們白痴啊！」

「爛死了！浪費大家時間！滾下台吧騙子！爛死了！」

「哪來的外星人啊？屍體呢？隨便拿一個外星人的屍體我看看啊！」

「外星人用地球人的屁眼實驗什麼了？外星人是幼稚園嗎？亂扯！」

「還時光機咧！有夠老梗，連小孩子都不信了！給我滾下來！」

「刀大都說了，今天是不幸大賽，不是吹牛大賽！是不是瞧不起我啊你！」

「幹蛇？你確定嗎幹蛇？幹蛇王啊你！剛剛我都聽了什麼啊！」

「年紀輕輕的胡說八道！當我白痴是不是？編故事可不可以來點邏輯！」

「馬上把那顆臭蛋給我丟掉！立刻！馬上！馬上啦幹！」

就連九把刀也摀著鼻子開幹了：「幹王大明同學，我是不知道你爲什麼要亂改你自己的故事啦，有沒有比較感人？沒有！超級沒有！什麼爲愛而生的男子？噁心！好噁心！一個蕩氣迴腸的不幸愛情故事，都可以被你改編得那麼噁爛！你以後千萬不要學我寫小說啊！丟臉！還有……眞的好臭！」

我太吃驚了，難道我跟素子無法跨越人妖界線在一起，那份再也不能重逢的遺憾，竟然不夠不幸嗎？這些人到底還有沒有人性？到底還有沒有眼淚啊！

「老闆，可是我的蛋……」我咬牙。

「不行啦王大明，我九把刀，我刀大耶！你的故事改編得這麼噁心，是逼我當眾丟自己的臉大放水嗎？絕對不可能！」九把刀一副嫌棄到底的嘴臉，看得我相當火大。

「我他媽的需要那把朗基努斯之槍……把蛋刺破！」我握緊拳頭，壓抑憤怒：「老闆，我需要冠軍！我比這些幸災樂禍的王八蛋，都需要冠軍！老闆！給我冠軍！」

我手裡的大蛇蛋，絕對不會成為被銷毀的敗戰祭品，絕不！

九把刀翻了一個沒品的白眼，看似無奈地說：「王大明啊王大明，你的的確確是我看過最不幸的人類，但比賽是這樣，麥可喬丹如果參加復興國小的籃球賽，他如果運的不是籃球，是一台電風扇，他也不會打贏對吧？你想要贏，可以啊，那就善用你的不幸，善用！懂？不是美化你跟素子之間的故事ＯＫ？你跟素子之間真實發生的故事比你剛剛說給大家聽的還要不幸一百倍，美化個屌？再說……」

「好！那我要重講！我要重講一遍我跟素子之間的故事！」我怒極攻心。

「重講……不須要重講了。」

一個瘸腳的削瘦男人從角落慢慢走了過來，手裡還拿著一本書。

「尊敬的王大明先生，你跟素子之間的愛情我讀得很熟，相信每一個九把刀的讀者也都瞭若指掌，妖吃人，人幹妖，不管從哪個角度都是可歌可泣、天地動容的人妖戀。不過，不管是感動、悲傷，還是遺憾，跟不幸，畢竟還是很不一樣的。」瘸腿瘦男語重心長地說著。

說這麼多最後還不是要吐槽我，我懂！我瞪著亂入的瘸腿瘦男，這又是哪位啊？

「報告刀大，聽過剛剛大家所說的關於不幸的故事，如果這屆不幸大賽只有這一點程度，我想冠軍已經很明顯了。」瘸腳瘦男滿臉風霜，卻在微笑。

旋風砲砲手愣了一下，一臉難以置信，像在笑，又像是不得不笑。

「阿強？你不是……你不是……」

瘸腳的瘦男點點頭，拿起手中那本爛爛的書：「風仔，好久不見，遠遠就聞到你身上那股酸酸的味道，只是……你變得更胖了，聞起來，也更酸了。」

那本爛爛的書不是別的，就是《獵命師傳奇》第十五集！

「我是說，你的腳不是跑船的時候，被鯊魚咬走了嗎？」旋風砲砲手一開始有點驚訝，但嘴角還是依照本性地緩緩上揚：「對了對了我想起來了，你把跑船的錢都拿去買義肢了嘛，現在的義肢做得還不錯啊，從外表看起來只是一拐一拐的還ＯＫ啦！」

這個飽經風霜的瘸腳瘦男笑笑地，翻開了《獵命師傳奇》第十五集的序……

CHAPTER 3

《獵命師傳奇》15之序之男

01

大家好，我叫阿強，從國小三年級開始就是九把刀的忠實粉絲。

當大家都在追動畫追韓劇時，我不爲所動，獨自爲「都市恐怖病」裡描述的變態醫生深深著迷。爸媽叫我早點睡不然會長不高，我覺得身高只要夠用就好了，瘋狂熬夜看《月老》看《紅線》。學校的國文老師不斷污衊網路小說很沒營養，我在作文題目「我的志願」底下，洋洋灑灑寫了五千字我想當殺手。當身邊的男生都在看A片打手槍，我卻拿著《樓下的房客》躲在棉被裡，幻想著陳小姐打手槍。國三，大家都忙著準備考高中第一志願時，我整天都在逼爸媽把我轉學到彰化讀精誠中學，在那裡追女孩。當然了，當老師怒吼叫大家不要在上課看小說的時候，我跟許多人一樣，成爲了王大明先生您的忠實擁護者……雖然今天很抱歉，王大明先生，您必須收下我送您的敗北。

刀大寫的小說裡，其中我最喜歡的，就是《獵命師傳奇》，那眞是一套偉大的作品，我裡面最喜歡的角色就是弟控烏霆殲了，他眞的好屌，把弟弟往死裡訓練，最後叫弟弟跟他一起聯手殺爆老爸跟一堆超爛的叔叔伯伯阿姨，看得我熱血沸騰啊！我太著迷了，我一直看一直看一直重複看一直重複看看到有一天我覺得……幹！我爲什麼一直從第一集複習到第十四集啊！第十五集到底要拖到什麼時候才要出啊！

身爲刀大的腦粉，我當然知道那時刀大忙著拍電影，拍「那些年，我們一起追的女孩」，我知道我都知道啊！但我沒有要諒解啊！憑什麼爲了拍一個愛來愛去的電影，就把我們一群死忠讀者晾在一邊？票房賣得好，刀大會分我嗎？不會的話我爲什麼要體諒他？刀大一直叫陳妍希叫妍希寶貝，他眞的有專心拍電影嗎？刀大這麼色，在花花綠綠的演藝圈待下去，難道不會出事嗎！

悲憤交集的我，在班會裡提出臨時動議，希望大家一起去刀大的簽書會，默背《獵命師傳奇》第十四集的全文給他聽，讓他知道，他卡在《獵命師》第十四集太久了！久到大家都會背了！

這是身爲一個忠實讀者對熱愛的作家所能做的，最大！也是最崇高的污辱！

大家都在笑我，笑我太認眞，現在當然是唸書比較重要，要做什麼蠢事，考上理想的大學再說。正當我氣到用頭撞桌子時，一隻友誼之手向我伸了過來。

沒錯，就是風仔，也就是你們口中的旋風砲砲手。

「說得好阿強，讓我們聯手污辱刀大吧！」風仔笑得很賤。

我還記得那一天風仔握住我的那隻手，好黏，好臭，還牽絲，聞起來像是剛剛在班會時偷打手槍的作品。

後來的壯舉大家都知道了，我們兩個在刀大的簽書會上，默背了《獵命師傳奇》第十四集，我是說……整本！從頭到尾，一字不漏！背到全場都在瘋狂拍手，背到刀大也只能一起鼓掌，後來還把這件事寫進《獵命師》第十五集的序！

序！是序！

天啊！被寫進去，傳說中比《獵命師》內文還要好看的亂寫序！不可詩意的刀老大系列！我跟風仔！完成了兩個小小讀者所能夠抵達的……最強大的指標站啊！

我很感動，看到序之後沒有第二個想法，馬上跟風仔展開默背《獵命師傳奇》第十五集的內文。這次我反而希望刀大寫慢一點，讓我們有時間可以把第十五集背得更熟、更快，甚至是以帶著饒舌節奏的方式去表達，在簽書會上成爲熱血沸騰的焦點，蟬聯被寫進九把刀的序！

結果呢？

台灣富姦九把刀果然又不寫《獵命師》了，跑去寫殺手，可以，正合我意。

就在《殺手》簽書會的排隊隊伍裡，我看到了依約前來的風仔。我叫風仔跟我一起複習背誦《獵命師》第十五集的內文時，風仔卻一句台詞也沒唸，只是用一種很輕蔑的眼神看著我，還用奇怪的節奏幫我打拍子。

我很困惑地問風仔：「一起練習背啊？把節奏對在一起，氣勢會增強三倍！」

風仔嘆了一口很長的氣：「要背，你自己背。」

我很同情地看著風仔：「難道這次書太厚，你背不起來嗎？」

沒想到，風仔竟然笑了：「我不想背，因爲背書很白痴。」

我眞的傻了，風仔竟然背叛了我？

我眞的不敢置信，背書哪裡白痴了？背書讓我們的身影永遠被收錄在刀大小說的序裡！那本小說還不是難看得要死的「依然九把刀」論文書，是《獵命師》啊！烏拉拉跟烏霆殲手足情深的那個《獵命師傳奇》啊！

風仔是天下第一大白痴嗎！

如果我看起來完全呆掉，不是因爲生氣，我是太太太太太震驚了，這就像你走路看到一個美麗的裸女正在紅路燈前吃優格，你看不看？看！管她爲什麼要脫光吃優格！重點是她脫光光你爲什麼不看！先看了再說！《獵命師》？背了再說！

風仔！大白痴！

那天下午，我獨自站在刀大對面，讓他簽完《殺手》後，我還賴著不走。

「哈囉……大家都是男生，簽完就快點回家好嗎？」刀大打呵欠。

「刀大，你不記得我了嗎？」我推了推眼鏡，堅定不讓開：「我阿強啊。」

「誰啊？」刀大眞是酷，眞的完全不重視男讀者。

「我就是上次在《殺手》簽書會，在你面前背完一整本《獵命師》第十四集的……序中強者！阿強啊！」我用練習了一百次、英雄登場感十足的抑揚頓挫，鄭重自我介紹：「今天，我是來背《獵命師》第十五集來污辱你……AGAIN！」

我緩緩將那本摺頁超多、滿滿螢光筆記號的《獵命師》第十五集，放在簽書桌上。

光是這本小說被翻爛了的陳舊型態，就足以嚇瘋刀大了吧？

「喔，要背就去旁邊背，不要擋到下一個。」刀大面無表情把我撥到一邊，馬上熱情地幫下一個女讀者簽書：「嗨嗨嗨嗨筱婷好久不見啦，今天怎麼沒有跟妳妹妹一起來啊哈哈？是喔？她終於交新男朋友啦？妳的狗還好嗎？」

我一個人站在不斷簽書的刀大旁邊，苦背《獵命師》第十五集整本。

「有人說，那是一個妖怪與人類共處的時代。在那個時代，妖魔鬼怪不只活躍在深山惡水中，同時也潛伏在人類社會裡。雖說共處，人類還是相當畏懼妖魔的存在。這也是無可奈何的事，畢竟雙方的力量太過懸殊。山有七百八十六怪，水有八百四十四精，舉頭有靈，草木皆神，凡人所擁有的刀槍棍棒，對於那些修煉百年的神鬼魔怪來說根本不值一哂。然而，天地蘊『氣』，陰陽有『咒』……」

□

「喔，我好像想起來了，哇靠你是不是變瘦很多啊？」

九把刀瞇著眼睛，打量著這個瘸腿瘦男：「那天你在我旁邊背《獵命師》，吵死了。」

瘸腿瘦男眼眶微紅，有些哽咽：「我就知道刀大是不可能忘記我的。」

□

少了風仔跟我一起並肩作戰，我的情緒其實很不穩定。

刀大一邊幫排隊的讀者簽名，一邊隨性地點頭，我不禁越背越生氣。

沒打算尊重我嗎？就如此不看重我的背書攻擊嗎？我可是當著幾百個讀者的面，用背書狠狠污辱了你！你就只是隨便點點頭，聽我背書背到底嗎！

「其實自己在妖化之前，早就意識到了這個最壞的可能……但我還是自願讓仇恨蔓延了我的心，安倍晴明嘆息。這股仇恨，連我也難以招架啊，徐福莞爾。他故意，安倍晴明也知道徐福是故意。故意什麼都不做，讓滿城的敵人與痛苦留給安倍晴明一個人去戰鬥。讓安倍晴明徹底體驗他一直想要告訴他的一切後，他再好整以暇地收拾殘局。用了特殊的道法，令安倍晴明打回原形。肚子飽飽的八岐自然滾回了十拳結界。至於歷史，一向都太好掩埋了。軍民重新換過一批，不過是數字問題。這座城，以驚人的速度重建起來。夜裡的工程比白天時要快上十倍……」

突然，刀大翻開我放在桌上的《獵命師》第十五集，我瞬間呆住。

「等等等等，這裡，這一句。」刀大指著第四百五十二回裡的一頁：「夜裡的工程進度比白天時要快上十倍。你少背了進度這兩個字，再混啊？」

天啊！刀大竟然翻書，確認我正在背的句子有沒有唸錯！

我眞的被嚇到腿軟！

刀大看似一邊隨意簽書，但他深層的精神力量卻在監督我！他眞的……眞的很在意我會不會隨便唸一唸就打混過去！刀大眞是一個寬鬆對待自己、嚴格針對讀者的恐怖作家，我可不能輸他！

我大聲回應：「河邊的棋局很亂。沒兩下，不等白子發動攻勢，黑子自己就陷入迷霧。晴明，讓人類掌控這個國家，妖物就會徹底滅絕。徐福將白子放回碗內，不再進攻，你很明白這一點。安倍晴明看著沒有靈氣的河面，沒錯，妖怪沒打算毀滅過全人類，但人類卻滿腦子消滅所有的異己。但是讓我們控制這片土地，這個國家，人類與妖物就能一直共存下去，當然了，人類得付一點保護費才行。徐福微笑，萬物共生，因果循環……」

我背得滿頭大汗，全神貫注，一口水也不敢喝，生怕中途跑去尿尿就中斷了我一口氣背完《獵命師》第十五集的氣勢，更怕刀大會懷疑我是不是趁著尿尿躲在廁所裡偷看作弊。

我又渴，又想尿尿，更想背完！我的腿很痠，我的喉嚨很乾，我的膀胱好腫大，但我的意志力卻越來越尖銳！如果當時小傑富力士用「凝」看我的話，一定會看到我全身散發出念技巧裡的「纏」！

□

「然後呢？你這個故事鋪陳得超久，不幸的點在哪？」九把刀沒好氣地說。

「不幸的點當然是！阿強背了這本書，你卻再也沒在序裡提到他了！」旋風砲砲手幸災樂禍地說：「結果他還執迷不悟，把《獵命師》十六也繼續背下去吧？阿強那種偏執又扭曲到不行的個性，造成他往後人生越走越偏……就是他說的不幸！」

「喔，是這樣嗎？」九把刀抓抓頭，看著瘸腿瘦男：「不過今天要比的不幸，必須是具體的東西，不是人啊，你至少得提出一個東西來代表不幸吧？《獵命師傳奇》第十四集？第十五集？還是第十六集？」

瘸腿瘦男搖搖頭，慢慢地從懷裡拿出一封信。

那封信有些歲月了，但保存良好，雖然有點距離，看得不是很清楚，但信封是粉紅色，搭配小熊還是小兔子之類的圖案，感覺滿女孩的。

「這是當我背完整本《獵命師傳奇》第十五集後，在簽書會現場拿到的一封信。」

瘸腿瘦男微笑，小心翼翼從信封裡抽出一張手寫信。

02

這封信，是一個中正高中的女孩寫的。

字跡清秀，筆觸可愛，聞起來還香香的。

信裡說，幾個月前她一如往常來刀大的《殺手》簽書會報到，想跟刀大聊天，報告自己人生的最新進度，沒想到遇到兩個奇怪的胖宅，卡在她前面，硬背一整本《獵命師》第十四集給刀大聽。

一開始，她覺得非常煩，很無聊又浪費大家時間，但兩個胖宅毫不理會旁人的眼光，甚至連刀大的揶揄也一併無視，越是把小說背下去，背影就越是帥氣。

「與世界爲敵」這種熱血台詞聽多了，但這兩個胖宅根本就是「完全不在乎這個世界」吧！

呆呆站在簽書會現場，女孩迷惘地聽著那兩個胖宅背完整本《獵命師》，她開始懷疑過去十七年的人生是不是太在意別人的想法，是不是過度活在父母的期待下，是不是太過聽從老師的教誨，是不是買太多心靈雞湯人生教科書盲從別人的人生指引。自己，是不是應該好好學習這兩個胖宅，活出眞正自我的精神？

女孩信中強調，其中有一個胖宅特別吸引她的目光。

那個胖宅，不只胖，還胖得很不健康，身上有一股酸氣，好像是放了兩個禮拜的廚餘，更重要的是，眼角餘光流露出淡淡的邪氣，雖然活出了自我，但那份自我裡瀰漫著玩世不恭，那是對這個世界，甚至是對自己的嘲諷。

一向被教導「聰明是一種天賦，而善良是一種選擇」的女孩，大爲震撼，原來邪氣不只是屬於那些在東區捷運站出口橫行的夜店公關，滿身酸氣的胖宅一點也不輸，這是多麼驚人的發現！

當她回過神的時候，女孩發現，她好像，可能，或許，大概，maybe……已經愛上了那個邪氣胖宅了……

十七歲的女孩爲了確定自己的心意，她害羞地祈禱，如果在九把刀的簽書會上再次相遇那個邪氣胖宅，而那個邪氣胖宅再一次背誦《獵命師》污辱刀大，而她，也依舊心跳不已的話……

她就要鼓起勇氣把這封告白信交給他，拜託他千千萬萬一定跟她在一起。

□

「呵呵，這個故事開始好聽了。」九把刀聽得津津有味，看了風仔一眼。

旋風砲砲手呆若木雞，看似面無表情，卻是五雷轟頂地看著瘸腿瘦男。

「是的風仔，酸氣我也有，從國中開始我聞起來就像廚餘。但邪氣……卻始終與忠厚老實的我，無關。」瘸腿瘦男看著手中的信紙，感嘆地說：「讓中正高中女孩翻來覆去、深深著迷的，是你啊……」

□

《殺手》簽書會結束後，女孩嬌羞地把信塞給我，希望我可以轉交給風仔。

那封信我偷折了，連續看了好幾個晚上。

連小說都可以背誦兩本的我，信中的內容輕而易舉便字字刻在我心裡，刻得我靈魂撕裂。尤其在信的最後，女孩說，希望跟那個充滿邪氣的胖宅約定好，在她高中畢業典禮那天，邪氣胖宅可以拿著一束花去找她，並且在她最喜歡的中正高中體育器材室裡，手牽手，一起背完整本《獵命師》第十六集，作爲她告別青春的畢業禮物。

操！

操你媽的邪氣胖宅！操！我操！刀大！請容我在這裡致敬你使用一整頁的操！

操操

操操操

謝謝刀大。

總之我看信看得好痛苦，眼中沒有邪氣也是一種錯嗎？我的善良我的執著我對這個世界抱持的美好善意又錯了嗎？這樣的我，竟然輸給故意拋下我、逼我獨自一人在刀大面前背《獵命師》的爛人風仔嗎？

刀大！我好難受，我眞的好難受！

如果那個女孩很醜就算了，偏偏那個中正高中的女孩好可愛啊！你知道千年一遇美少女橋本環奈吧？她長得就像是，會講國語的橋本環奈啊！

從那天開始，我每天看很多內容離譜的Ａ片，尤其是時間靜止器系列，跟多Ｐ吃屎喝尿系列，充滿爭議的「水地獄」也看了，「樓下的房客」更是複習了無數次，甚至開始重看我給很多劣評的「貓胎人」，培養我內心深處的邪氣。

痛苦的我，一看到外面在下雨就衝出去，一邊淋雨一邊大吼大叫，試圖獸化自己的本性，沒想到淋雨淋了太多次，身上的酸氣竟然變淡了許多。

我食不下嚥，我身上的肥肉越來越稀疏，更因爲我一感到痛苦就會暴打牆壁，即使不願意，肌肉的線條還是慢慢長了出來。我不只變瘦，還瘦得很精壯。

終於，中正高中的畢業典禮到了。

我用所剩不多的零用錢買了一束正在大特價的花，硬著頭皮來到了中正高中。

畢業典禮果然充滿了青春的氣息，每個人都在合照，又哭又笑。個性陰暗的我，獨自走到陰暗的校園角落，推開了體育器材室陰暗的門。

幽暗的體育器材室，只有一束光從小小的氣窗上射映下來，台版橋本環奈一個人靜靜地坐在灰塵滿布的跳箱上，小聲複習著《獵命師傳奇》第十六集，雙腳還嬌羞地互踢著。

台版橋本環奈轉頭，一眼就認出我不是她朝思暮想的……那個邪氣胖宅，一開始還呆住無法言語，讓她失望的我，只好哭著跟她道歉，一邊磕頭，大聲說很抱歉我私自折了信，但我眞的辦不到，我死都不會把這封信轉交給背棄我的風仔。

沒想到台版橋本環奈咬著嘴唇說，她聽到我這麼坦白，反而鬆了一口氣。

把信交給我的那天，回家後，她翻來覆去都睡不著，九把刀的《獵命師》一直拖稿，導致時隔多月才又因爲《殺手》辦了簽書會，她發現自己早已忘了邪氣胖宅到底長什麼樣子。她的心裡，那道帥氣的背書身影，已被剛剛獨自一人背完整本《獵命師》第十五集的我，給深深霸佔了。

是的！你沒聽錯！是我！是我啊！這次把台版橋本環奈電暈的，是我啊！

我感動地哭著跟她說，我也確實背完了《獵命師傳奇》第十六集，如果不嫌棄，我想代替風仔……不！不是代替風仔，我就是我！我是阿強！我是阿強！

阿強在這裡，阿強就在這裡！實現她告別青春的夢想！

03

「眞高興你們選了體育器材室背書，沒在我的簽書會上浪費時間。」九把刀一臉逃過一劫的奸笑：「不過，好不容易彼此告白了，把時間拿去背書不是太蠢了嗎？」

瘸腿瘦男有些不好意思地承認：「眞不愧是說出每天都要過得很色的名言的刀大！因爲是畢業典禮，體育器材室根本沒人，我們手牽手一起背《獵命師》第十六集，根本就太煎熬了。對了風仔，如果你摸過女孩子的手，你一定知道我在說什麼，女孩子的手，十七歲女孩的手，尤其是十七歲台版橋本環奈的手，眞的，牽起來好柔軟，好細，好滑……」

「我……我不知道你在胡說八道什麼……這個世界上哪有……哪有那種手？」旋風砲砲手一臉慘遭火車追撞的恍惚：「不可能的……絕對不可能……手就是手，哪有分什麼十七歲……世界平等……男女平權……女生的手跟男生的手基本上是一樣的……一樣的……構造……」

「什麼不可能，青春的肉體沒什麼不可能，再色的事都馬超可能。」九把刀插嘴。

「是的刀大，年少輕狂的我們，根本沒辦法好好背完《獵命師十六》，在賀爾蒙的催發下，連前十頁都沒背完，我們就開始摸來摸去，親來親去，接下來發生的事，都是一些男生女生之間的人肉俄羅斯方塊，這樣拼，那樣組，這樣，那樣，然後又是那樣，這樣……畢竟畢業典禮的體育器材室，真的真的沒有人。」瘸腿瘦男閉上眼睛，謙卑謙卑再謙卑地回味著那天發生的一切。

旋風砲砲手的臉整個都歪了。

瘸腿瘦男立正站好，向九把刀深深一鞠躬：「刀大，跟風仔一起背誦《獵命師傳奇》第十四集，開啓了我的人生新章，獨自背誦《獵命師傳奇》第十五集，更鑿開了我週而復始的人生，捨不得背完的《獵命師傳奇》第十六集……最後成就了我站都站不穩的人生啊！謝謝你！刀大！」

我看向旋風砲砲手，他的表情就好像睪丸不小心撞到桌角一樣，撞得很痛，痛到瞬間蹲下來，又不小心被自己的膝蓋再撞到一次睪丸。連環撞，撞撞撞。

「風仔，這封香香的信借你稍微看一下，聞一下也可以，畢竟在多年前，就應該轉交給你了，算是我們一起參加刀大簽書會的紀念。」瘸腿瘦男把那封香香的情書，放在旋風砲砲手的頭上：「謝謝你，謝謝你沒跟我一起背書，眞的，眞心眞意地感謝。」

那封情書在旋風砲砲手的頭頂上，好像比大石頭還重，壓得他幾乎跪下。

「但你的腳……」旋風砲砲手雙手撐地，已經無法正常言語了。

「出海什麼的？被鯊魚吃掉什麼的？傳言總是亂七八糟，眞相很簡單啊……做色色的事時，她總是喜歡坐在我上面搖來搖去，常常搖太久，搖到我大腿肌肉罹患了間歇性酥軟症候群，有點站不穩了。」瘸腿瘦男嘆了一口幸福的暖氣：「人生啊，實在沒想到有一天站都站不穩，不是因爲老，是因爲被少女騎到腿麻啊。」

頭暈目眩的旋風砲砲手，原地乾嘔了好幾聲，最後還是吐血了。

我呆住了，全場每一個幸災樂禍的高手都呆住了。

如果旋風砲砲手依照約定，再一起去九把刀簽書會背《獵命師》的話，今天，被台版橋本環奈搖斷的腿，就不會是阿強的，而是旋風砲砲手的那雙肥腿。

毫無疑問，得到幸福的旋風砲砲手，絕對不會落入整天幸災樂禍的魔道，開什麼寰宇蒐奇驚世博物館蒐集一大堆代表不幸的爛東西，成爲一個超級糟糕的爛人。

這，才是眞正的天堂地獄。

而放在旋風砲砲手頭頂上的香香信紙，正是一切不幸的根源。

「不……不可能……絕對不可能！」旋風砲砲手在崩潰邊緣緊急煞車，握拳大吼：「你一定是在唬爛！哈哈哈哈哈你說了我就信啊！所有的故事都是你掰出來，想唬我！對一定是這樣！阿強！我丟下你一個人去背《獵命師》，你一定對我痛恨到極點吧哈哈哈哈！你絞盡腦汁編出這麼一個……毫無說服力的故事！就是爲了打擊我！爲了讓我不爽！爲了……看我笑話對吧哈哈哈哈！被我識破了！被我識破啦哈哈哈哈哈哈！」

雖然全場觀眾都很喜歡落井下石，但是當旋風砲砲手狂暴地提出質疑時，還是讓大家不約而同地看向瘸腿瘦男。

也是啦，剛剛的故事都是瘸腿瘦男單方面的說詞，說不定信紙就是瘸腿瘦男自己寫的，或是瘸腿瘦男拜託隨便一個女生寫的，之後什麼中正高中體育器材室的摸來摸去都是唬爛，畢竟人家好端端一個正常的高中女生，不要說美女了，即便是阿醜中的阿醜，也不至於被簽書會上背一整本《獵命師》的阿宅給電到啊？這麼偏激的審美根本不存在吧？

瘸腿瘦男用一臉無辜，承受著旋風砲砲手的質疑。

在我看來，這個一臉無辜的表現，的的確確很可疑啊！

「信紙是假的！中正高中女也是假的！故事通通都是假的！阿強！你休想編故事打擊我哈哈哈哈！大家聽聽看！這什麼爛故事嘛！合理嗎？有邏輯嗎？根本就是下流的色情故事！完全就是瞎唬爛！阿強！你也不看看當年的你長那什麼怪樣！別說你是背《獵命師》了！你就算是背《海賊王》！背《鬼滅之刃》！也不會電到女生啦哈哈哈哈哈哈！」旋風砲砲手氣到全身發抖，用絕大的意志力抵抗信紙上傳來的陣陣香氣：「以為花點時間去健身，瘦瘦的唬爛，看起來就有說服力嗎？沒有！一日肥宅！終身肥宅！」

我看向九把刀，身為評審，他會怎麼評斷呢？

只見九把刀動了動手指，示意瘸腿瘦男將信紙從旋風砲砲手的頭上，拿給他鑑定。

九把刀瞇起眼睛，從各種角度解讀起信紙的真偽：「用紫色的原子筆當主力，搭配淺綠色跟粉紅色的色鉛筆一路寫下去，是非常少女的作風。字跡稚嫩，下筆的力道過淺，證明了下筆者缺乏對社會的恨意，嗯嗯嗯，人格分析上的確是一個涉世未深的無知少女。內文嘛……無所不在的注音文，加上過於氾濫的表情符號，表現出下筆者的詞彙量不足。年紀大約在十五到十六歲之間，十七？也不是不可能。」

瘸腿瘦男欣慰不已。

旋風砲砲手卻激動大叫：「就算寫信的眞的是十七歲的少女，也可能是阿強花錢找槍手寫的啊！全台灣至少有一百萬個十七歲少女！隨便找一個就可以幫他的唬爛圓謊啊！幹我不信啦！」

九把刀不愧是頂尖的變態，抽動鼻子，聞了聞信紙上殘留的香氣，繼續分析道：「除了信紙本身的廉價香氣，特殊紫色原子筆的油墨味，還有剛剛沾到旋風砲砲手的髮油味之外……還有一股淡淡的手汗味，沒錯，是手汗，而且不是單純的緊張，是緊張中摻和著愛慕之意，導致情緒波動太大所流出的手汗，只有在高度學業壓力與多采多姿社團活動下成長出來的高中女生，才擁有的特殊、矛盾，且複雜的情緒，不會錯的，中正高中的女同學不但符合這類的側寫，春心蕩漾也緊貼阿強的描述。如果是阿強花錢請來的槍手，即使是少女，也不會表現出氣味這麼豐富的手汗。」

眾目睽睽下，將變態的嗅覺展露無遺，沒有人會懷疑九把刀寡廉鮮恥的判斷。

旋風砲砲手怒極反笑：「呵呵，連刀大都說是眞有其人了，我也不好繼續懷疑對吧？呵呵，呵呵，不過眞有其人那又怎樣呢？有個十七歲高中女生眞的被阿強電到又怎樣咧？十七歲的醜女到處都是，一百萬裡至少佔了九十萬！都很醜！」

瘸腿瘦男愣了一下，不知道該說什麼。

「哈哈哈哈哈刀大！你摸著良心告訴我！會喜歡當眾背書的阿宅的女生，有一點點可能是美女嗎？還台版橋本環奈咧哈哈哈哈！」旋風砲砲手看到反敗爲勝的機會，激動到提高音量：「中正高中畢業典禮一定很熱鬧！大家都在到處找人拍照，是哪一種女生會一個人躲在體育器材室咧？一定是醜女！醜女才不會有人想找她拍照！醜女才會這麼孤僻！刀大你說我說得對不對啊！你摸著良心說！良心！」

九把刀摸著胸口，應該是放著良心的位置，皺眉說：「只要是我的讀者，男的千奇百怪各種長相隨便啦，但女的一定很漂亮啊，這是常識。」

旋風砲砲手還沒反駁，會場的燈光瞬間熄滅，伸手不見五指。

在大家議論紛紛之際，一束探照燈從天花板上打了下來，耀映在一個女孩身上。

女孩長得跟橋本環奈一模一樣，有點肉肉的，但就是站在有點肉肉界的最高頂峰，可愛無比，全身散發出一股唉呦不好意思啦我就是太可愛了的氣息。

聚光燈下，女孩一開口就是牙齒黏舌頭的台灣腔調：「我啦，就是我啦，當初一開始被你電到心慌慌的……中正高中阿芬啦！」

旋風砲砲手整個石化。

雖然已不是當年的十七歲，但現在也不過二十幾，有點肉肉的台灣阿芬依舊保持著少女獨有的羞澀，她輕輕捶著瘸腿瘦男的胸口，臉紅紅說：「風仔，雖然你不認識我，但我算是……從我的記憶裡默默地認識你吧。多年不見，你還是宅宅的很迷人，身上的味道還是酸酸的，像養樂多，身體更胖了感覺很好摸，眼睛裡的邪氣更是多年前的好幾百倍，那股見不得人好的邪氣真的……好魔，好狂，好像深不可測的邪惡黑洞，不，我不能再看你的眼睛了，畢竟我已經錯過在最好的時間，跟最邪惡的你相遇。我今天來，是想好好謝謝你，謝謝你當年沒有去背《獵命師傳奇》第十五集，讓我有機會認識我現在的未婚夫，小強。我想，這就是所謂的錯過的緣分吧。謝謝你，風仔。」

旋風砲砲手用石化的舌頭，支支吾吾：「我……宅宅的很迷人？」

台灣阿芬避開他的視線，點點頭：「不要再問了。」

旋風砲砲手呆呆：「我……酸酸的聞起來像養樂多？不是廚餘？」

「也像廚餘啦。廚餘……很好啊。」

「我胖胖的……很好摸？」

「女生都喜歡胖胖的男生啊，阿強他太瘦了我好心疼他都吃不飽喔。」

「我眼睛裡的邪氣……很狂？」

「女生都喜歡壞壞的男生啊，唉呦你不要再問了啦！」

充滿憂傷的空氣裡，旋風砲砲手瞪著有問必答的台灣阿芬。

旋風砲砲手身體開始發抖，漸漸進入狂震。

我看，那是內在崩壞的症狀，一路從靈魂深處崩毀到醜陋的外在。

每一次從台灣阿芬口中得到的答案，都再度戳痛了旋風砲砲手的靈魂。原本應該屬於他的幸福生活，就因爲他自以爲是的小聰明小邪惡，旁落到他一向鄙視的前好友身上。

一念天堂，一念地獄啊……

突然，旋風砲砲手眼睛裡的血絲暴增了一百條，目露凶光。

他齜牙咧嘴大吼：「好！很好！今天妳來得正是時候！我命令妳馬上拋棄阿強那個瘦子！跟又胖又壞的我衝去開房間！看是妳先壓瘸了我的腳！還是我先插爛妳的穴！我們去汽車旅館幹到人神共憤！幹到天地不容！哈哈哈哈阿強！沒想到吧哈哈哈！你完全失策了！你算得到我的錯過……卻算不到我的沒品！我的沒品凌駕在所有人類之上哈哈哈哈哈！」

全場大驚！

這一招絕處逢生，眞的是壞中之壞，毒中之毒！

就連九把刀也拍案叫絕，看向反被逼到絕境的瘸腿瘦男。

只見瘸腿瘦男微微笑，不經意地擺動身體，用奇怪的地方頂著台灣阿芬的屁股，讓台灣阿芬噗哧一聲笑了出來。

「你比阿強好摸，聞起來比阿強酸，但你絕對沒有阿強壞呀。」台灣阿芬笑吟吟：「畢竟阿強可是扣著原本要給你的情書，硬著頭皮跑來吃掉我的超級大壞蛋啊！」

說完，馬上張嘴跟瘸腿瘦男喇舌了一大下，還發出口水咂咂咂的牽絲聲。

旋風砲砲手終於原地跪下，放聲慘叫，屎尿齊噴。

會場的燈光恢復，我看到每個參賽者的臉上都擠滿了訕笑，下一瞬間馬上響起了如雷掌聲，獻給持續放聲痛哭的旋風砲砲手。

一個原本可以得到每天跟橋本環奈喇舌喇到蛀牙的幸福、過上比正常人生幸福一百倍的肥宅，卻因爲迷上了落井下石，迷上了嘲笑別人的不幸，迷上了衝康別人，導致一身酸氣越來越沉重，整個人生，最後都陷進了腐爛地獄。

沒救了。

04

九把刀撿起了那封香香的情書，有點不好意思地看著我。

我咬著牙，無法反駁。

雖然很想贏得這場比賽，但我心知肚明，我完全輸了。

素子跟我之間的不幸，來自於相愛的兩人竟然被迫分離，但愛就是愛，修幹就是修幹，一直修幹就是一直修幹，我的遺憾來自曾經的獲得，而不是錯過。素子跟我之間，沒有錯過，只是無法繼續人間與妖界不倫的結合，眞是傷心。

但旋風砲砲手，整個從天堂的邊緣摔入酸臭地獄的深淵，身心靈都爛掉了。

「比慘，我也自認不如……」當年塡錯答案卡的新莊王小姐嘆氣，感覺解脫了。

「哼，我兒子再慘也慘不過地上這頭豬！」升級爲評審的狼牙棒老阿姨冷笑。

「原來我那是小兒科啊……這才是毀滅級的天堂地獄！」排隊排出地獄境界

的鐘同學，心服口服地吞下了這次的敗北，嘴角突然上揚：「對了！我這次與冠軍擦肩而過，又何嘗不是一種天堂地獄呢……天堂地獄的世界遠遠比我想像的還要高深啊！」

「我輸了！」拿著白果醬的老男人擦掉了眼淚。

「沒辦法贏過……我願意敗北！」拿著七十三勝勇士隊大合照的大叔淚目。

「可惡，讓我先生的手術刀黯淡無光的狠角色……」泌尿科醫生娘恨恨不已。

「嗚嗚嗚嗚……我的暑假作業也被比下去了……」一個國小生嚎啕大哭。

「看樣子我的圓規也相形見絀了。」一個中學老師不甘心地推了推眼鏡。

各個參賽者紛紛投降之際，具體的評分也只剩下形式而已。

「我想本屆不幸大賽的冠軍，完全沒有異議吧？」九把刀舉起那封香香的情書，高聲宣布：「第四十四屆北台灣盃不幸大賽的冠軍，就是這封被壞心攔截的情書！一封！原本可以給予一個酸宅幸福人生，同時給予另一個肥宅美好友情的情書！卻在錯誤的機緣下，於旋風砲砲手的酸腐人生裡，綻放出超級不幸的花朵！大家說……爽不爽！」

全場歡聲雷動，用力拍手，放聲叫好，猛烈跺地，這勉強將旋風砲砲手撕心裂肺的哭聲給逼了回去。

「爽啦！」「超爽！」「看他不爽我就爽！」「看他哭暈我就放心啦！」「超爽的啦哈哈哈哈！」「哭死吧臭宅！哭死你！」「他哭得好醜啊哈哈哈哈哈誰誰誰有沒有拍下來啊！」「拍下來上傳到網路上啊！讓更多人一起笑死他啊哈哈哈哈！」「你一輩子都別想跟女人喇舌啦！一輩子！」「台灣阿芬好美啊！結果人家天天騎她你天天打手槍啦哈哈哈哈！」「我賭你硬碟裡面所有的ＡＶ女優都沒有台灣阿芬漂亮啦！」「最後還想逆襲！哪來的自信啊哈哈哈哈哈！」「你唯一厲害的沒品還比不過人家橫刀奪愛的沒品，是應該好好哭死啦哈哈哈哈！應該的應該的！哭大聲點啊不夠啦！」「大聲點聽不見！」「哭大聲點啦！有沒有吃飯啊你！」

連我也忍不住加入了如此盛大的幸災樂禍，吼到喉嚨都迸出了青筋。

旋風砲砲手終於哭暈在自己拉出的屎尿中。

眾望所歸下，瘸腿瘦男一邊揮手致意，一邊登上了頒獎台。

「各位幸災樂禍的機掰人！就讓我們歡迎今年度不幸大賽的北台灣冠軍！阿

強先生！」主持人比基尼大嬸興奮地說道：「掌聲鼓勵鼓勵！有請評審九把刀老師代爲獻上，傳說中的——朗基努斯之槍！」

大家目不轉睛，幾個助手合力把刻著奇怪古希伯來文的金屬盒子打開。

在無數次宗教戰爭中，輾轉在歐亞非大陸之間，流傳兩千多年的頂級傳說……把耶穌肚子刺爛的那把朗基努斯之槍，出現在台灣！台北！地下街！大家的面前啊！

啊？

我有些呆了，雖然沒有親自握住，親身感受，但同樣身爲參賽者，距離獎品也夠近的了，先不說質感非常塑膠，也不說目測歷史感嚴重不足，這把擁有洋名朗基努斯之槍的槍，看起來根本就是一把……在槍頭綁了紅纓穗的中國風長槍啊！

廟會舞龍舞獅時，旁邊的老師傅會隨手拿出來歡樂一下的那種長槍啊！

九把刀隨隨便便拿了起來，反手一抛，便轉交給了冠軍阿強先生。

阿強先生看著那把冒充朗基努斯之槍的中國風紅纓槍，呆住了。

下一秒，阿強先生感動的淚水奪眶而出。

「沒想到當年刺傷耶穌基督的，是一把中國風的紅纓長槍，這實在是……意料之外！大開眼界啊！」阿強先生驚喜莫名，全身都在顫抖：「歷史跟我們想的不一樣！不一樣啊！」

大家嘖嘖稱奇，發出原來如此的讚歎聲。

我的天啊……這肯定不是當年那一把吧？看起來明明就超新的啊！

「不是中國風！」狼牙棒老阿姨目露凶光，好像感受到一股神聖的威壓：「那一坨紅色的毛……是耶穌的聖血在槍身上開出的花！紅色的基督聖花！」

大家發出原來如此的嘖嘖聲……嘖三小啦！

「很輕，比想像中還要輕很多……好輕！真的非常輕啊！」阿強先生輕而易舉地揮舞朗基努斯之槍，還用單手，在台上舞得很快速，颳起了一陣廟會般的清風，大家又是一陣驚歎。

拿著排隊號碼牌蒐藏冊的鐘同學分析：「各位同好，單憑兩千多年前羅馬帝國的軍事工藝，一定無法製造出這麼輕的金屬，這把槍的材質，很明顯不屬於地球，是來自外星的隕石。」

不不不不不不，這不是金屬！更不是太空金屬！是塑膠啊！很明顯是塑膠啊！

「不，不像金屬……手感很像塑膠……」阿強先生嘖嘖稱奇，越舞越快。不是很像！幹它就是塑膠啊啊啊啊啊啊啊啊啊！

「我懂了，不是外星物質打造了這把槍，是耶穌的聖血碰到了朗基努斯之槍後，改變了原本很普通的槍身結構，在奈米的微觀世界裡充分扭曲了槍身的物理特性，使普通的金屬槍身，變成了很像塑膠的質感。」用珍藏白果醬參賽的老男人一臉恍然大悟。

「合情合理的推論。」用恐怖婚禮照參賽的攝影師情不自禁地附和：「耶穌充滿慈愛的聖血，不僅爲全世界揹了罪，順便改變一下槍身的物理結構，也是舉手之勞。」

舞動風停，阿強先生喘了幾下後，忍不住將手指壓在黯淡無光的槍尖上，施加力道，手指卻一點傷也沒有。

大家迷惘地看著這一幕。

「我已經很用力了，但這把槍連我的手指都刺不破，可見在刺破耶穌的肚子後，耶穌的聖血施加了古老咒語在槍尖上，將這把槍設定成只能傷害惡靈……或邪靈之類的超自然物質，讓擁槍者在日常生活之中也可以使用，不必害怕傷到一般人。」阿強先生鼻酸，語氣哽咽：「眞是一把仁慈的槍，站在眾生陣線，爲愛而戰啊！」

「可謂仁者之槍……」新莊王小姐誠心拜服。

「降魔珍寶啊！」狼牙棒老阿姨激動不已。

看著阿強先生再度舞動起紅纓長槍，台下許多參賽者大爲感動，爲之心折。

不不不不不不！不是啊！那就是一把塑膠做的爛槍啊！槍頭超鈍，開不了鋒啊！

搞了半天，這場號稱北台灣不幸大賽的冠軍獎品是一把粗製濫造的假貨，我到底來這裡浪費時間幹嘛啊！尤其是一大堆看了假爛槍也感動不已的參賽者，全都是白痴！低能兒！弱智！我還費盡心思跟他們說了那麼多？甚至爲此吃了旋風砲砲手的痰！我的天到底是爲什麼啊！我懂了我懂了原來這還是我自己的錯……當我看到九把刀這個北七來當評審的時候，我就該猜到這場比賽從頭到尾都是極低層次的慘局啊！我怎麼會這麼投入！我怎麼會這麼激動！我爲什麼會跟著緊張啊！

「各位沒品的大家！近距離目睹朗基努斯之槍的風采，已經讓大家這麼開心！這麼嚮往了是不是！」主持人比基尼大嬸再度上台，搖擺著麥克風歡呼：「明年度不幸大賽的獎品豈不是讓大家直接瘋掉！大家想不想知道是什麼！」

「是什麼！」會場歡呼震動。

「比耶穌更早！早了兩百年！就西元前兩百年，秦朝啊，就秦始皇那時候啊！」比基尼大嬸把麥克風對著台下的大家：「秦始皇有沒有聽過！」

「有！」大家大喊，我也跟著吼，好怕別人不知道我知道。

「就在秦始皇忙著焚書坑儒的時候！姜子牙！姜子牙有沒有聽過！」比基尼大嬸聲嘶力竭地提示：「獵命師的老祖宗，絕招命格飛仙的那個……姜！子！牙！」

大家愣了一下，才此起彼落地大喊：「有！有有有！」

「姜子牙率領獵命師一眾，在東海跟魔化歸來的徐福決一死戰！獵命師！吸血鬼！雙方在東海打得不可開交時，姜子牙忽然被叛徒劉邦從後面偷偷刺了一刀，就地暴死！」比基尼大嬸說得有聲有色：「能夠隱藏氣息，偷偷摸摸把獵命師的老祖宗背刺升天，開啓連續兩千多年的人類與吸血鬼之間史詩般的大戰，如此超級不幸的匕首，就是第四十五屆不幸大賽北台灣盃的冠軍獎品——刺姜賤刀！」

這是什麼荒謬的劇情啊，聽得霧煞煞的大家馬上就安靜下來，你看我，我看你。

剛剛得到朗基努斯之槍的阿強先生，卻直接哭了出來。

「刺姜賤刀……刺姜賤刀啊！幹那麼不幸的獎品！早知道我那封情書就留著參加明年的大賽啊！」阿強先生崩潰大哭，手中的紅纓牌朗基努斯之槍也震動起來：「原來當年刀大沒寫明的那個叛徒是……劉邦……原來那個叛徒是劉邦！是劉邦啊！劉邦暗殺了姜公啊！全世界都給我聽好了……劉邦殺姜公劉邦殺姜公劉邦殺姜公劉邦殺姜公劉邦殺姜公劉邦殺姜公劉邦殺姜公劉邦殺姜公劉邦殺姜公劉邦殺姜公劉邦殺姜公！」

識貨的阿強先生這麼一哭，全場都痴狂了。

原來那是一把，屌打朗基努斯之槍的歷史絕版珍品啊！

比基尼大嬸把麥克風對向九把刀，暴氣狂吼：「加碼宣布！刺姜賤刀由評審九把刀刀大親自贊助提供！兩千兩百年前！劉邦刺姜公！貨眞價實！童叟無欺！」

有名人加持貨源，大家更是陷入暴動。

「好想要啊啊啊啊我明年一定要再來！」「我這一年內一定會努力發生不幸的事！」「我認識一個超倒楣的人他全家都死光了朋友也死光了我明年一定帶他來比賽！如果我沒死掉的話啦！」「劉邦這個臭小人我早就看穿他啦！那把匕首我要定啦！」「我明年一定打一瓶更大罐的白果醬！我叫我朋友通通一起打！」「姜子牙我聽過！封神榜裡面最臭老的那個嘛！」「不會釣魚那個！我懂！」「幸災樂禍我最會！王八蛋明年見！」「刺姜賤刀！」「刺姜賤刀！」

「刺姜賤刀！」「刺姜賤刀！」「刺姜賤刀！」「刺姜賤刀！」「刺姜賤刀！」

「刺姜賤刀！」「刺姜賤刀！」「刺姜賤刀！」「刺姜賤刀！」「刺姜賤刀！」

「蟬堡三咧！」「刺姜賤刀！」「刺姜賤刀！」「刺姜賤刀！」「刺姜賤刀！」

「刺姜賤刀！」「刺姜賤刀！」「刺姜賤刀！」「刺姜賤刀！」「刺姜賤刀！」

「刺姜賤刀！」「罪神咧幹！」「刺姜賤刀！」「刺姜賤刀！」「刺姜賤刀！」

「刺姜賤刀！」「刺姜賤刀！」「刺姜賤刀！」「刺姜賤刀！」「刺姜賤刀！」

「刺姜賤刀！」「刺姜賤刀！」「刺姜賤刀！」「刺姜賤刀！」「刺姜賤刀！」

不要臉的九把刀站起來接受大家的歡呼，向四面八方揮手致意。

雖然註定是一場鬧劇，但身爲助手，我也與有榮焉地挺起了胸膛，這就是卑賤的人性啊！

一陣誓言明年再來的喧譁過後，大家卻沒有就地解散的意思。

我以爲是每個參賽者都想輪流跟握有朗基努斯之槍的阿強先生合照，做做紀念，但比基尼大嬸卻招呼了幾個身強力壯的助手，汗流浹背地扛著一大台焚燒爐，架在會場中央。

幹，不妙！

我忘了一旦輸掉比賽，所有參賽者的不幸參賽物，都會成爲祭品，被集中焚毀！

「一人笑，百人哭！現在又到了超級不幸的獻祭時間！每一個機掰人都看過它好幾次啦！這台超級焚燒爐每年都會遶境台灣，在各路神明無怨無悔的加持下，認證爲無懈可擊的焚燒爐！不管是有多不幸多悲慘多恐怖的東西，只要塞得進去洞口，就會在十秒內灰飛煙滅！」比基尼大嬸興奮地按下紅色開關。

焚燒爐一啓動，周圍的空氣馬上就熱了起來，眞的不唬爛，我的額頭跟頸後一瞬間冒出汗珠，下一秒，我甚至聞到了一陣陣髮油蒸發的臭味。

應該沒有人注意到我這個小小的輸家吧？我趕緊低下頭，腳底抹油，倒著往鐵門外走，不料，走沒幾步就被很多隻腳給絆倒。

「王大明你有急事嗎？」九把刀看起來很訝異。

好幾個身強力壯的助手跑了過來，想從我的手中搶走素子留下來的蛋，我張嘴就咬，腳亂踢，在地上旋風式滾動：「不要過來！不要過來！這顆蛋不是祭品！不是！」

「輸了就輸了，吞下去有這麼難嗎？」鐘同學緊握著即將跟他訣別的號碼牌蒐藏冊：「王大明同學！讓我們展現出輸家的骨氣！就讓我們辛苦收藏的祭品跟戰敗的記憶通通一起燒掉吧！」

說完，大哭的鐘同學就把那本陪伴他多年的號碼牌蒐藏冊，扔進了焚燒爐。

「輸就輸！但我這顆蛋……不能拿去燒啊！」我慌慌張張脫口而出：「刀大！你快點幫我跟大家說，我這顆蛋……不能燒啊！蛋裡面是有生命的！」

「生命！你跟我說生命！」戴眼鏡的老男人將一瓶白果醬打開，大哭：「這裡面有數百兆的生命！每一滴都是我的青春！都是我身體的一部分啊啊啊啊啊！」

白果醬被阿宅摔進焚燒爐，空氣裡一陣可怕的腥臭撲鼻而來。

「等等等等不要過來！不要過來！交換！交換我幫大家吹懶叫！真的！我幫大家吹懶叫好不好啊！」我手腳並用死命地抱著蛋，不讓那些助手搶走：「只要你們不燒蛋！我就幫現場每一個人吹懶叫！」

「我沒有懶叫。」新莊王小姐冷冷地，將那支謎之鉛筆丟進焚燒爐裡：「快點，我要看到那顆大蛇蛋融化的樣子。」

「沒懶叫我幫妳舔屁眼可以吧！屁眼大家都有！改舔屁眼我可以！一邊舔一邊大便我也不會嫌的！交換！大家交換！」我抱著蛋在地上打滾。

「我不需要懶叫，我也不需要被舔屁眼，我只想看你絕望的樣子嘻嘻。」原本昏迷不醒的黑警５６７８從血泊中站起，徒手扯掉被奇異筆寫上「黑警死全家」字眼的陰莖跟陰囊，丟進焚燒爐裡，隨後馬上就暈死過去。

「看你這麼痛苦，我就知道今天的不幸還沒結束，嘻嘻，我也不給你舔屁眼，不給不給不給嘻嘻嘻嘻。」某中學教師滿臉賊笑，將壞掉的圓規丟進焚燒爐。

就在我全力護蛋原地打滾時，每一個參賽者都將他們不幸的珍藏丟進焚燒爐裡，沒有一個肯讓我舔懶叫或屁眼作爲交換，我覺得自己好卑微好賤，欲哭無淚。我忘了，這裡聚集了整個北台灣最愛幸災樂禍的王八蛋，這些人怎麼可能錯過我臉上的不幸呢！我不甘心！我不甘心素子跟我之間的愛被活活烤焦啊！

「輸家的樣子好難看。」狼牙棒老阿姨因爲被九把刀升級當了評審，有權不銷毀她帶來的那根爛狼牙棒，她在一旁跩了起來：「羞羞臉，真是羞羞臉。」

「認輸就認輸，快把蛋交出來！」一個會場助手強行扳開我的手。

「我不要！蛋跟別的祭品不一樣！它有生命！有生命！」我張嘴就咬：「放開！」

「太好啦！每年一定會有輸家捨不得把祭品燒掉的戲碼！今年果然還是上演啦！」比基尼大嬸照樣主持下去：「等等那顆鴕鳥蛋燒成大荷包蛋，王大明同學會不會徹底崩潰呢！咳咳咳……會不會從此一蹶不振呢！他已經走到谷底的人生是不是還會往下墜墜墜墜墜墜呢！咳咳咳……大家都在看！全場幸災樂禍的大家咳咳……都在期待！」

「鴕鳥在哪！」我護蛋暴怒：「我幹的是蛇！咳咳……咳咳咳……」

咳咳咳……大家開始掩面咳嗽。

原來是這台焚燒爐的火力旺盛，那些祭品一放進去就被燒滅成灰渣，在這小小的會場裡製造出惡劣的空氣污染。看這情況，我唯一可以依賴的轉機，就是地下街的火警警報突然響起，消防隊弟兄衝進來強制疏散人群，撐到那時候我就可以抱著蛋……

「太嗆了，空氣清淨機咧？沒有就去借啊！」九把刀皺眉，從口袋裡摸出一個口罩戴上：「滅火器也準備一下，沒品很偉大，但公共安全更重要啊。」

撒毀！

幾個工作人員即時從附近店家搬來了十幾台空氣清淨機，一口氣打開，在跳電邊緣，將嗆死人的灰渣全都吸乾淨。

在幾個工作人員的強力拉扯中，我充滿恨意地瞪著九把刀。

明明是我老闆，剛剛我在台上聲淚俱下回憶起素子的故事時，他公開吐槽我，比賽結束後也不幫我走後門硬把冠軍頒給我，現在……還活生生逼斷了我唯一的退路！

「王大明，你是白痴嗎？」九把刀目不轉睛地回看我，好像很疑惑。

「就算我是白痴！也比你這個劈腿爛人爛雞雞還要好一百萬倍！」我暴怒：「等一下我的蛋烤焦了，我這輩子剩下來的每一天，都會用來上網！申請一大堆假帳號瘋狂幹死你！幹死你！幹死你！」

九把刀翻了一個白眼，好像我眞的是白痴。

「你爲什麼來參加比賽？」九把刀嗤之以鼻。

「當然是爲了朗基努斯之槍啊幹！你這個爛人爛老闆爛……」我氣到哭。

「看了他媽的朗基努斯之槍以後，你還是想要他媽的朗基努斯之槍嗎？」九把刀擠眉弄眼，做出一個很有深意的表情：「哈囉？大腦很棒，要不要稍微用一下？王大明，你本來是想拿他媽的朗基努斯之槍做啥？」

「當然是拿來破蛋啊！」我氣急敗壞。

等等。

等等等等……等等！

我頓時神智清明，大渦輪式撞開保安，胡亂衝到焚燒爐前，將大蛇蛋丟入爐口，大吼：「別怕！蛋殼一燒破！老爸保證衝進去把你抱出來！」

大蛇蛋被我親自扔進去，大家更是鼓譟起來。

「火力全開！」比基尼大嬸用尖叫助興。

瓦斯桶的氣閥全開，焚燒爐爐火的力量登時催到最大，空氣比剛剛更熱十倍。

這不是普通的火焰！這是剛剛燒滅了許多不幸物質的火焰，充斥在焚燒爐裡每一平方公分的空氣都很不幸，依照負負得正的原理，大蛇蛋非常可能被攻破！

我很緊張，抓起掛在牆上的滅火器，隨時準備衝進大火裡救小孩。

所有人都用一種看好戲的眼神看看我，看看火，看看蛋。

我凝視著被大火包圍住的大蛇蛋，想到了即將踏入時光機裡的素子。

那場穿梭五百年的別離，歷歷在目。

「大明，我不能走。我走了，小孩跟你就會死。」

「十幾個鬼聯手也嚇不死我，神經病的鐵腳踹不死我，人體核彈炸不死我，魔神仔的蚯蚓湯嘔不死我，連妳這種超級大蛇精也殺不死我了，這幾個沒穿衣服的外星人又怎麼是我的對手？相信我，我是全人類命最賤，卻也是命最硬的人，我一向都有辦法逃過去的。」

「……」

「這是妳跟我們的寶貝相處的最後時光，多看他幾眼，多摸他幾下，妳走之後，我會好好照顧他，雖然他跟著我肯定非常倒楣，可是，我保證，我會用所有的一切去愛他，分擔彼此的多災多難。」

的確跟我保證的一樣，大蛇蛋在充滿幸災樂禍的火焰裡，持續燒烤著。

隨時準備衝進火焰裡救蛋的我，滿臉熱燙，眼淚一滲出來，就被乾燥的空氣烤乾。

當時的素子，也是躺在充滿瓦斯氣的破爛時光機裡，承受著炙熱的烈燄，承受著肉身灰飛煙滅的痛苦，承受著相隔五百年的別離。

「大明，要永遠分離了，可是我還是沒辦法哭出來。」

「沒關係，也許妳並不愛我。」

「可是大明，我想愛你。我想爲你，流下我第一滴眼淚。」

「沒關係的素子，沒關係的。妳流不出來的，我幫妳流。」

「對不起，大明。」

「素子，到一個更值得的時代吧，去那裡……妳要更用心、更認眞、更努力，才能找一個，讓妳愛到不行，哭也哭到不行的好男人。」

拿著滅火器，我的眼淚流了就烤，烤了就乾，乾了又流。

大家持續看看我，看看火，看看蛋，看看我，看看火，看看蛋，看看我，看看火，看看蛋，看看我，看看火，看看蛋，看看我，看看火，看看蛋，看看我，看看火，看看蛋，看看我，看看火，看看蛋，看看我，看看火，看看蛋幹！

三小時過去了，我的眼睛好乾，我的嘴唇裂開，鼻屎跟石頭一樣硬。

連續十幾桶瓦斯都用光了，火熄了又熄，大蛇蛋還是完好如初躺在其他祭品的灰燼之中。在這開高走低的三個小時裡，那些擠滿會場的王八蛋全都因爲眼睛太乾，早就一批又一批掃興地走光。

我拿起昏倒在地上的旋風砲砲手的手，朝蛋殼上一放，他的手沒有發出鐵板煎漢堡排的聲音，我才換我的手指試探性戳戳看，戳戳戳，大蛇蛋的蛋殼居然還是冷冰冰的。

我不知道該哭還是慶幸，只能自我安慰……

「好吧，素子跟我之間的愛果然是無堅不摧。」我哭笑不得。

「什麼無堅不摧，我眞是聽不下去。尊敬的王大明，我看了用你當主角的三本上課不要系列，也算是英雄惜英雄，我姑且借你朗基努斯之槍吧……」阿強先生在眼睛裡補充了好幾滴眼藥水後，愼重地將那把塑膠製中國風紅纓槍遞向我：「拿去吧，用耶穌的寶血聖器，碎開素子跟你之間的鎖鏈，劃開人妖界線的最後防禦。」

我搖搖頭，別鬧了，我現在眞的沒心情。

「尊敬的王大明，你是不是看不起我的朗基努斯之槍？」阿強先生微怒。

「不是……」我頹然坐在地上，隨口敷衍：「我是怕我不小心督得稍微大力一點，整顆蛋都會灰飛煙滅。我現在已經禁不起任何打擊了。」

「這也是……很可能發生的。」阿強先生嘆氣，收回了槍：「畢竟朗基努斯之槍就是朗基努斯之槍啊。」

「這顆蛋，負面能量好強！」還沒走的狼牙棒老阿姨蹲下，近距離仔細看了看我的蛋：「不僅是妖氣，還有一股陰森森的怨氣，不過這股怨氣……」

「說錯了吧，是愛情的能量超強。」我很沮喪。

「我跟你買，一千。」狼牙棒老阿姨敲了敲蛋，聽著從蛋裡迴盪出的聲音。

「不賣。」我眞是沒心情。

「一千一。」

「不賣，出個屁。」

「兩千。」

「兩千我給妳，快滾。」

「好啊給我。」狼牙棒老阿姨伸手。

「幹快滾啦！不賣也不給啦！」我生氣了。

「拉倒！」狼牙棒老阿姨拔身而起，抽出狼牙棒一揍而下：「啊答！」

我嚇了一大跳，只見充滿惡煞之氣的狼牙棒在蛋殼上一轟，發出連環車禍的超大聲響，卻無法在蛋殼上留下任何痕跡。

狼牙棒老阿姨怔了一下，好像呑了一口口水：「五千，我出五千。」

「好啦阿姨，妳就別鬧他了，如果妳眞的想要那顆蛋，等他崩潰把自己幹掉，妳再來拿就一毛錢也不用給啦，到時候我會通知妳啦。」九把刀果然還是我熟悉的機掰人，繼續說：「不過說眞的啦，蛋不破，小孩生不出來好像也不是什麼壞事，你想想，你確定要把小孩生在一個監視器比人多、核廢料亂丟亂埋、北極熊快死光、所有人類卯起來用塑膠吸管逼死海龜、只要喊發大財其他都可以不管的世界？確定？」

我沉默了。

這個世界的確很糟糕，連天文望遠鏡都已經可以拍到外太空的黑洞照片了，還有人在地球表面反對同性戀結婚。混血兒本來就很容易在學校被霸凌，我跟素子的小孩不只混血，還是半人半蛇的超級混，一定會被欺負得很慘。

但，這是素子遺留給我唯一的東西。

唯一的，我們之間，愛的證明。

「我一定要親眼看看，我跟素子的小孩。」我鼻酸了。

「看就看，哭屁。」九把刀冷漠地說：「反正一定很醜。」

「老闆你這麼機掰，一定是想到辦法了！」我滿懷希望。

「記得《上課不要烤香腸》那本嗎？」九把刀從鼻孔裡噴出一股惡氣。

「記得！那是我跟素子之間愛的起源，我怎麼可能忘記！」

「你不是去了紅山大旅舍，有個魔神仔在那裡駐點餵人吃蟲嗎？」

「所以呢？」我不懂。

「人歸人，妖歸妖，機掰歸機掰。」九把刀老神在在：「妖怪的事就應該拿去問妖怪，對吧？你就去問那個魔神仔啊，問她這顆人妖蛋該怎麼孵化不就好了。」

我……

我怎麼沒有想到！

CHAPTER 4

紅山大旅舍AGAIN！

01

事不宜遲，這裡又正好是火車站的地下街，絕對是命中註定。

怕魔神仔翻臉不認人，臨走前我拜託九把刀緊急拉一條充滿王者之氣的大便給我當護身符，不過這次來不及把大便放在太陽下連曬七七四十九天，只能連曬七七四十九分鐘就算數，所以還濕濕的，即使包在錦囊裡還是很臭，但我能有什麼辦法？我就是賤。

我把大蛇蛋放回背包裡，搭上了前往花蓮的普悠瑪號列車。

一到了花蓮，就搭公車前往紅葉的山區。

我拿著當初留在手機裡的路線圖翻拍照，試著在荒山野嶺中尋找那些綁著紅布條作爲標記的樹，一開始腳底下的路感覺都是人走過的，沿路還有看到一些荒廢的涼亭、被亂丟的寶特瓶跟鋁箔包。

但亂走了一個小時後，腳下的路完全被厚厚的落葉給吞沒，路一下窄一下寬，毫不意外，我一棵被標記的樹都沒找到，就深陷山裡。

我聽見潺潺流水聲，便往水聲處走去，走著走著，水聲就消失了，一抬頭，天空有一半都被巨大的樹木給遮蔽，完全辨識不了方向……很好，要抵達魔神仔經營的「紅山大旅舍」，第一要件就是迷路，我不費吹灰之力就辦到了。

接下來我乾脆用跑的，眞的就是在深山裡拔腿狂奔，就是爲了最有效率地消耗體力，而且我故意不帶水也不帶脆笛酥跟孔雀香酥脆，因爲我知道要抵達紅山大旅舍的第二要件，就是口渴、飢餓與體力耗盡。

很快天就黑了，滿足了第三個要件。

我累慘，超渴，只能用手指挖出鼻涕補充水分跟鹽分。

看了一下手機，我在深山裡無腦亂逛已超過八個小時，迷路飢寒交迫又吃鼻涕，終於達到了最困難的第四個要件……絕望。

我對著四面八方大叫，就像偶像劇裡男主角在跟女主角告白那種聲嘶力竭：

「魔神仔！快來抓我啊！我王大明啦！幹快一點啦！」

沒有回應，只有滿山超鬧的蟲鳴。

我只好繼續在黑夜裡狂奔，被隆起的樹根絆倒了十幾次加上撞到七次樹，還進不了魔神仔的領域。我忍不住火大，對著黑漆漆的森林大吼：「再不出來我就要開始打手槍啦，對著地上打手槍啦！浪費精氣給大自然啦！」

還是沒有回應。

我大怒，馬上脫掉褲子，掏出老二開始狂打。

不得不說我真的很累，但好歹我也是曾經對著莫名其妙摩天輪打到射的強者，我一握住陰莖，馬上就進入狀態，當我一硬起來，很多蚊子就衝過來叮我的屁股，幹超癢！我不得不左右開弓，左手打手槍啪啪啪，右手打屁股啪啪啪！

冥冥之中，有一股超自然的力量在阻撓我虛擲精液。

但我不怕！我就是要打！

突然我的龜頭一陣奇癢，我在微弱的月光下一看，靠，蚊子叮屁股就算了，還有好幾十隻直接咬住我的龜頭，密密麻麻的吸在上面，瞬間讓我的龜頭變成一顆黑色的大芝麻！我憤怒一抓龜頭，滿手竟都是血！

幹！這輩子我王大明所受的奇恥大辱還少過嗎！

但屈辱受一受就過去了，龜頭被幾十隻蚊子咬，那種不得不用指甲狂刮的癢幾乎阻斷了我繼續打手槍的衝動，癢！有夠癢！但還沒癢到我射不出來！我跪在地上憤怒地狂抓龜頭，抓到整個人在地上翻來覆去，狂吼狂叫，漸漸分不清楚我到底是在打手槍還是在打蚊子還是在打龜頭。

突然一片漆黑中，幾隻螢火蟲出現在我面前，晃啊晃。

信號！

這應該是魔神仔的信號！

我狂暴地把褲子穿上，跟著帶路的螢火蟲走。

「快一點！飛快一點！」我連螢火蟲都兇，完全失去理智。

越往前走，就有越多隻螢火蟲在我前面領著，即便我深信螢火蟲就是魔神仔的信號，我還是邊走邊抓龜頭邊抓屁股，走了快三個小時，真的是非常誇張，到底有沒有要讓我check in紅山大旅舍啊！

領路的螢火蟲也會累，換了一批又一批，正當我意識漸漸模糊，龜頭幾乎被我抓爛之際，一棟充滿復古風情的日式小旅舍矗立在山林間，紅色的五個大字就刻在白色的招牌上。

我走近。

門邊依舊寫著「山友旅途的良友，深夜避寒的好去處」兩行字。

終於又到了，熟悉的紅山大旅舍。

02

我用力推開門。

發出青白色光的燈管下，一個戴著老花眼鏡的老婆婆笑吟吟地看著我。

「好久不見，尊敬的王大明先生。」魔神仔婆婆鞠躬。

「嗯……好久不見。」

我壓抑著被蚊子咬龜頭跟屁股的不爽，畢竟這一趟我可是有求而來。

魔神仔婆婆看穿了我的不爽，有點不好意思地解釋：「王大明先生，容我說明一下，雖然知道你早就在山林間迷路了，但紅葉山區很遼闊，當你開始打手槍的時候其實還沒有抵達我管理的地界，所以只能緊急商量附近的螢火蟲去帶你。」

我嗯嗯嗯嗯地點頭。爲了破蛋，我不能跟山精水怪計較太多。

魔神仔婆婆看我又餓又累又一直抓懶叫，拿出一盤滷味跟一杯冰鎮紅茶給我。

雖然那盤滷味一定不是滷味，冰鎮紅茶也絕對沒有冰鎮也不是紅茶，但那又怎樣呢？我王大明什麼爛東西沒吃過，不知道也不想問，直接抓起來就吃就喝。

囫圇吞棗吃完，我打了一個很長的嗝，差點沒被自己臭死。

到底吃了什麼幹。

「這次打算住多久呢？」魔神仔婆婆眨眨眼，仔細打量著我。

「住……就今天晚上。」我沒好氣地說：「睡個覺，明天早上就走。」

「要叫雞嗎？」魔神仔婆婆笑得很神祕。

「抱歉，我有喜歡的人了。」我嘆氣。

「眞的很~爽~喔~」魔神仔婆婆舔了舔嘴。

「她的名字叫素子。」我正色。

「我們這裡有幾隻新來的雞，評價都很好喔，有桃子、櫻子、雪子跟奶子……」

「取奶子也太隨便了吧。」我皺眉：「有想過尊重一下嫖客嗎？」

魔神仔婆婆從櫃檯後面走出來，鼻子在我身上不斷抽動，嗅啊嗅啊。

很怪，從我一進旅舍，魔神仔婆婆就魂不守舍的，不知道爲什麼。

我淡淡地說：「不要亂來啊，我有帶陽氣很重的刀大便。」

魔神仔婆婆搖搖頭，鼻子停在我的背包上。

「不是大便上的陽氣，是妖氣……妖氣很重啊，你背包裡面裝了什麼？」魔神仔婆婆的眼神充滿了好奇。

識貨。

我把背包打開，拿出像保齡球一樣大的蛇蛋。

魔神仔婆婆大吃一驚：「這是……」

我嘆氣，娓娓訴說我跟素子之間相遇、相殺、相識、相幹與相愛的故事。

這段可歌可泣的人蛇戀，令魔神仔婆婆聽到合不攏嘴。真的，不是形容詞，具體上魔神仔婆婆就是張大了嘴，大到下巴脫臼直接用雙手捧住，我不禁有點飄飄然。

「原來是當年的大蛇祭埋下了這段千古奇緣啊！」魔神仔婆婆兩眼發直地看著我手中的大蛇蛋，羨慕不已地說：「我……我可以拿看看嗎？聞看看嗎？」

「喏。」我把蛋扔向魔神仔婆婆：「啊答！」

她嚇了一大跳，慌慌張張緊接住大蛇蛋，重心不穩差點摔倒。

「不拿好也沒關係，摔碎了更棒，我正煩惱不知道該怎麼把蛋打開啊。」

「什麼？你不等它自己孵化嗎？」

「說來話長，這正是我今天來拜訪的目的。」

魔神仔婆婆對著大蛇蛋又聞又舔，無限欣羨：「這顆蛋散發出來的妖氣很重，又混雜了人類獨有的狐臭，果然如你所說，不是一顆單純的蛇蛋，而是一顆貨眞價實的人妖蛋。」

「原來……那個臭味眞的是人類基因的狐臭？」我頭一歪。

「當然，妖怪哪有那麼臭，我們都很愛乾淨好嗎？」魔神仔老婆婆把臉貼在蛋殼上，竟感動得流下淚水：「那隻大蛇精眞了不起，已經修煉到可以懷下跟人類的孩子，眞是我們妖界之光啊……」

唉，也難怪魔神仔婆婆會一直露出充滿羨慕的表情了。

諸如魔神仔這類的妖怪，大部分都想修煉成人，雖然我一點也沒有覺得人類有比這些妖怪高等到哪裡去，而且當妖怪超棒的，有各種法術之類的，但我是人，既然這些妖怪打心底很羨慕我，我就爽快接受吧。

「嗯，素子自己也很得意。」我整理一下坐姿：「我與有榮焉。」

放下蛋，魔神仔婆婆正色道：「自從有了形體，開了這間旅舍後，我來來去去認識了幾千個妖怪吧，但這顆蛋的妖氣之強，恐怕是位列前三，以後一定還會更濃烈。這顆蛋很有可能會誕生出一統人界與妖界的霸王，這眞的是……開啓了人妖之間無限可能的契機啊！」

於是我憂心忡忡說了九把刀的猜想——這顆蛋說不定早已過了孵化時機，蛋再不破，裡面的生命將會死去，狐臭會變成屁臭，來這裡向妖怪們請益如何孵化人妖蛋，似乎是唯一解。

「關於人妖蛋需要孵化多久，問我，問其他妖怪，恐怕也不知道眞正的答案啊王大明，因爲那條蛇精的道行已遠遠將大家都拋在後頭，關於這顆蛋，一切都是未知。」魔神仔婆婆的尾巴從屁股後面甩了出來，悠悠道：「但如果只是想把蛋打破……我倒是有一定的自信。」

我拭目以待。

魔神仔婆婆的尾巴高高舉起，然後像鞭子一樣猛烈抽打人妖蛋——

唰！

蛋沒破，一條裂縫都沒有。

「也還好嘛。」我雙手扠腰。

「剛剛那一下，是我怕不只打碎蛋殼，還會傷到裡面的孩子，故意沒使出全力。看樣子這顆人妖蛋眞的是有一點硬。」魔神仔婆婆的尾巴長出很多根尖刺，就像一條活蹦亂跳的狼牙棒：「王大明，站遠一點。再遠一點。再再再遠一點。」

廢話，我站得超遠。

唰！唰唰唰唰唰唰唰唰！唰唰唰唰唰唰唰唰唰！唰唰唰唰唰唰！唰！唰！唰！唰唰唰唰唰！唰唰唰唰唰唰唰唰唰唰唰唰！唰唰唰！唰唰唰唰唰唰唰！唰唰！唰唰唰唰唰唰唰唰唰唰唰唰唰唰唰唰唰唰唰唰！唰唰唰唰唰唰唰唰唰唰唰唰唰唰唰唰唰！唰！唰！唰唰唰唰唰唰唰唰！唰！唰！

接下來的一分鐘裡，魔神仔婆婆的狼牙棒尾巴，就像《獵人》螞蟻篇裡的尤匹一樣，用異形肉鞭超高速無限多下地抽打人妖蛋，眞的就是暴打，每一下都充滿把我的頭直接掃到全壘打牆外的力道，速度也快到無法挑剔，發出的暴擊聲也非常嚇人。

但，你也猜到了對吧？

人妖蛋根本沒事。

魔神仔婆婆打到氣喘吁吁，尾巴都軟了，卻一點也沒有生氣，反而超佩服。

「眞強啊，眞不愧是……」魔神仔婆婆有點感動地摸著蛋。

「不要再什麼眞不愧是什麼什麼的，我眞的很怕他困死在裡面！」我無言。

「王大明啊，雖然山裡多的是妖怪，但魑魅魍魎都各有自己修行的方法，跟自己理解世界的一套道理，一千個妖怪，就有一千顆腦袋，一時之間……」

我唉聲嘆氣，我最怕聽到的就是一時之間這四個字。

魔神仔婆婆給了我一個鑰匙：「我把大家找過來開會，你就待在這裡好好休息吧。」

03

我又在熟悉的房間待了下來。

脫光光疲憊地坐在地板上，我摳著身上幾百個被蚊子叮腫的包包，比起癢，感傷的成分更多，上次住進來時阿祥還在，我們一起幹了很多東西，也算是一種並肩做愛。

我祈禱阿祥變成了素子身體的一部分後，也等同了一種物質不滅，跟素子一起回到了五百年前。

紅山大旅舍的一切都是魔神仔的障眼法，但此時此刻我真的很需要這一套完美的幻術，讓我好好休息。我泡了絕對不是溫泉的熱湯，吃了絕不是山珍海味的宵夜，抱著人妖蛋，聞著蛋裡發出的狐臭味，在絕非大床的大床上好好睡了一覺。

隔天，當我被窗邊的陽光射醒時，床邊擠滿了好多奇形怪狀的妖怪，張大眼睛近距離看著我，拚命聞我懷裡的人妖蛋。

「靠是怎樣啦！」我差點被嚇死，失控大吼：「是不會稍微變成人喔！」

滿房間的妖怪這才不好意思地變成人，擠在床邊，持續對人妖蛋的圍觀。

大家的視線有點太熱烈了，看得我很不自在，我勉強冷靜下來之後，將視線對準魔神仔婆婆：「所以……破蛋的辦法想出來了嗎？」

「王大明啊。」魔神仔婆婆眼神中散發出誠懇的光芒：「大家討論過了，能夠跟千年蛇精交往、並生下新品種的男人，山裡的大家都很想試試看呢。」

「啊？」我眞是傻眼：「試試看？試三小？」

「我們想說，在大家輪流找出打破蛋殼的方法的這段期間，你就先住在這裡，讓我們好好招待……作爲交換。」魔神仔婆婆搓著手：「不知道你意下如何？」

「好好招待？」我經歷了太多不幸的遭遇，馬上就聞到了不妙的氣息。

擠在床邊的大家投以熱烈的眼神，看得我渾身發癢。

「如果你同意交換，希望你可以跟我們每一個妖怪都交配一次。」

「嗄？這是什麼道理！」我超不懂。

「眞的，我的尾巴眞的很厲害，甩到最高速時還可以擊破河邊的大石，你也看到了，昨天晚上我甩了幾百下，卻連在蛋殼上留下一點裂痕也辦不到啊。要打破整顆蛋，難度是很高的。」魔神仔婆婆說的時候，旁邊的妖怪紛紛點頭。

「說不定不是要打破的啊，妖怪應該有什麼妖術，對吧？」我不解。

「是的，妖術自然也是有的，但不管是什麼方法，來硬的，來軟的，這個方法試試，那個方法也搞一搞，怎麼樣都會耗損到我們這些妖怪的修爲，很累的對吧大家？」魔神仔婆婆捧起自己紅腫受損的尾巴。

滿屋子的妖怪憂心忡忡地一齊點頭。

「那條千年大蛇精之所以可以懷下人類的雜種，說她的道行高嘛，當然道行一定高，但這也只是一種可能。」魔神仔婆婆的語氣開始熱烈起來：「另一種可能就是，王大明你的精液裡面含有特殊能量，可以協助轉化妖怪的體質，幫助妖怪往人類的境界更近一步，所以那條蛇精被你轉化昇華了，才能懷下人類的雜種。」

「我滿確定我的精液裡面沒有那種能量。」我很篤定。

滿屋子的妖怪用極端崇拜的眼神，否定了我對自己精液的否定。

「人類的精液或多或少都有人獨特的氣息嘛，這也是我們這些妖怪合開紅山大旅舍的初衷啊。設下幻術結界，招待在山裡迷路的人類，順邊收點精氣當作交換。」魔神仔婆婆脫下了她的衣服，露出皺巴巴的奶子：「王大明，跟人類約定好的事，我們妖怪是絕對不會反悔的。我們幫你打開蛋，你跟我們打打砲，這個條件……合情合理吧？」

「每一次都要射？」我駭然。

「麻煩你了。」魔神仔婆婆打開她的雙腿，喜孜孜地坐了上來。

「每一次？都要射？」我眞的無法置信。

「我們會盡力補充你的營養。」魔神仔婆婆開始搖了起來。

就這樣，約定好了。

滿山的魑魅魍魎負責幫我把蛋打破。

而我，在父愛燃燒下，每天在紅山大旅舍過著跟不同妖怪瞎搞的日子。

04

我不確定前三本「上課不要」系列賣得怎樣，但這次發生在我身上的事，如果一五一十寫滿滿的話，大概就是一本寫壞掉的色情小說吧。

以下我盡量委婉。

在幻術侵腦的世界裡，每天每夜，我都跟各種不同樣貌的女人做愛，應該要很爽才對吧？是吧？你就是這麼想的吧？

低級！下流！

我也很想這麼低級！這麼下流！可惜事與願違！差之十萬八千里！

妖怪畢竟是妖怪，不是人，她們不會有眞正女人肉體交纏的那種媚態，而是……各種對人類性交的刻意模仿，簡單說，就是最拙劣最糟糕的那種獵奇A片。有時跟我交纏的肉體發出的嘶吼聲也太狂野了，很像山豬在叫，仔細一看，幹還眞的就是山豬在叫。

「太過分了吧！能不能不要突然變回豬啊！」我幹得很憤怒。

「口口口口口口口……對不起對不起，剛剛爽了一下所以就失態了口口口……」山豬感到很抱歉，趕緊又變回人。

不管是植物類還是動物類的妖怪，身上都有一些刺刺的毛皮，或粗糙的殼甲，我常常幹到全身傷痕累累。有些妖怪的皮膚都是黏液，比如蟾蜍精或山椒魚精或蝸牛怪，全都超黏，弄得我渾身發癢，不知道會不會得奇怪的性病。

苦中作樂是我的生存之道，偶爾我會閉上眼睛，猜猜看自己正在幹什麼東西。

植物精跟動物精很好區分，動物百分之百都有體味，擁有百年修爲的動物精就擁有陳年上百的體味，簡單說就是臭。臭鼬精當然是最臭的，當時我眞的是一邊吐一邊幹，最後幹到昏迷不醒，有沒有射已經無法計較了。

植物精常常有一種芬多精的香，樹有一種氣質高雅的香，花有五彩繽紛的香，跟植物系妖怪的前戲，往往充滿了德高望重的平靜感。但不管是哪一種植物都缺乏可以好好插入的正常位置，尤其樹洞很多角質，是很不推薦用來插的一種洞，我的陰莖常常被各種樹洞刮得痛不欲生。幸虧妖怪給我的藥膏也是最天然有效的，塗一塗，過了半天就可以拔槍再戰。

每天的進食決定了精液的品質，爲了補充蛋白質，那些妖怪讓我每天固定進食大量的幻覺食物，我猜是蝸牛蚯蚓青蛙金龜子粉蛾之類的。有時候猴妖還會採眞正的野菜跟水果給我，補充纖維跟維生素。熊妖弄來的蜂蜜加山泉水很好喝，比山下的每一種手搖飲都讚。

我一直幹一直幹一直幹，把各種野味都幹透透，一切都是爲了愛。

到了半夜，我就會拖著疲憊不堪的肉體，去泥巴、枯葉與藥草攪拌而成的混濁濃湯裡泡一泡，療癒遍體鱗傷的身體。每一次我都會泡到睡著。睡醒的方式，就是被變成人形的妖怪掰開我的腳，大剌剌坐上去交配。

「蛋破了嗎？」我總是朦朦朧朧地問。

「快了……快了……」不管是什麼妖怪在騎我，總是這麼回答我。

聽說，猴精把蛋帶到這座山最高的懸崖扔下去，扔了好幾次，蛋沒破。

聽說，幾個熊精用疊羅漢的方式把蛋摔來摔去，蛋沒破。

聽說，擁有千年道行的三個樹精用粗大的樹根，合力把蛋盤了又盤絞了又絞，蛋沒破。

在許許多多的聽說之間，我射了又射射了又射射了又射，恍恍惚惚，迷迷濛濛。

手機在深山裡沒有訊號，在這裡唯一的娛樂就是，非常偶爾，眞的是非常偶爾，我會遇到一、兩個在深山迷路的登山客，我是說人類，跟我在旅舍餐廳裡一起吃飯，我會欣賞著他們把蟾蜍跟蚯蚓吃得津津有味的表情，再約他們到爛泥巴湯裡一起泡澡，聽這些迷途旅客扯一些來自山下的八卦新聞，此時，我才能意識到自己跟人類社會還有一點點的連繫。

有一次，我跟一個登山客一起泡湯時胡亂搭話，聽他一邊將爛泥塗在臉上，一邊聊起我的老闆，說失蹤很久的九把刀突然宣布結婚了，我眞是無敵傻眼。我老闆眞的是什麼都敢，永遠都在挑戰下限，沒在管全世界怎麼賭爛他的。

「對了，等一下要嫖妓嗎？」聽到這個勁爆新聞，我心情意外地好。

「嫖……嫖妓？」那個登山客大吃一驚：「這裡？」

「是啊，我常常特地來嫖。」

「特地跑到這裡？不會……不會太遠嗎？」登山客半信半疑：「這裡的小姐有特別正嗎？」

「正不正看人啦，但這裡太遠，警察絕對抓不到啦哈哈哈哈！」我豎起大拇指。

看那位迷路登山客一副暗中考慮的爽樣，嗯嗯嗯嗯我又忍不住笑了，好好把握機會啊，畢竟妖怪可不是有錢就能嫖得到的好嗎。

日復一日，夜又一夜。

暫住紅山大旅舍的迷途登山客來來去去，帶來一個又一個來自山下的新聞。某一天，我竟然聽到了九把刀的老婆生了，生了一個女兒，而且有屁眼。懷胎需要十個月，我至少在山裡待了那麼久？

就算它十個月吧，我已經數不清楚吃了多少亂七八糟的東西，跟幾百個妖怪打過砲了，我肯定是變得很瘦，我穿來的褲子經常走一走就自己垮下來，後來我也索性不穿了，反正我走沒兩下就有妖怪把我拖去搞，直接晃著老二在旅舍裡逛來走去比較自在。到底是太淫蕩還是太偉大，我也不在乎了。

有一天，當我糊里糊塗射出之後，倒頭就想睡，卻馬上被用力拍醒。

「啊？輪到下一個了嗎？」我瞇瞇眼。

咦，這不是我剛剛才搞過的妖怪嗎？

「妳……妳不要騙我了，妳是剛剛那個那個……什麼變的啊？小羊嗎？」

「是山羌啦，咩咩咩咩，我山羌精啊。」山羌精用手指撐開我的眼皮，想要我把她看仔細：「王大明，咩咩咩給我一個名字嘛！」

「喔，就阿山好了。」我連打哈欠都很費力。

「咩咩咩人家女生耶。」

「喔……那就山山吧，隨便啦快滾。」我眞的好累，眞的眞的。

「咩咩咩我有名字了！山山！山山就是我當人類的名字！」山羌精很高興。

「好棒好棒，給妳拍拍手。」我翻過身就要睡，拒絕這種再度人妖戀的前奏。

「咩咩咩王大明，山山好心跟你說一個祕密，但我們要交換條件喔咩咩咩。」

交換祕密就是愛情的開始，我才不想跟妳好嗎。

「不要。」我果斷繼續睡。

「山山還沒說要交換什麼咩咩咩。」

「就是不要。」我的眼睛還是閉得很緊。

「跟你的蛋有關喔咩咩咩。」

「……妳知道怎麼把蛋打破？」我大概是皺眉了。

「不是喔咩咩咩，但我知道大家都沒在想辦法把蛋打破喔咩咩咩。」

我瞬間豎直身體。

「妳剛剛說什麼？沒有人在幫我想辦法？」我的眼睛肯定是又大又紅。

「是沒有妖怪在幫你想辦法，把蛋打破呢咩咩咩。」

「不可能。」

「爲什麼不可能呢咩咩咩。」

「那顆蛋是……你們妖界之光，不是嗎？」我眞的無法相信。

「妖界之光？咩咩咩其實大家從一開始，就沒有想找出打破蛋殼的方法啊。」山山的眼睛骨碌骨碌地轉，降低音量：「蛋殼打破以後，咩咩咩不管跑出來的是什麼妖怪，牠有多厲害都跟我們無關啊！大家最多也只是開開眼界，有點羨慕罷了咩咩咩。王大明，咩咩咩大家眞正想要的，是你的精液。咩咩咩你可以把那條蛇幹到可以懷下人類的血脈，一定也可以把其他妖怪幹出新的生命，咩咩咩這樣一來，懷孕的妖怪就可以得到提升，往人類更近一步呀咩咩咩！」

我呆住了。

山羌精這一番話簡直就是……非常合情合理啊，反而是我相信這群妖怪，才是白痴的一廂情願吧？

怎辦？因為這番話很合理，我就該相信山山嗎？我得用最快的速度離開這裡嗎？

「這樣下去咩咩……你會被大家吸乾的。」山山刻意壓低聲音：「只要你答應山山的條件咩咩咩，今天晚上，咩咩咩山山就帶著你偷偷逃跑吧王大明！」

「條件是？」我心煩意亂。

「下山後，每天早中晚加宵夜，一天射在山山身體裡四次，幫助山山提升修行。」山山的聲音充滿了背叛同伴的喜悅：「讓山山咩咩咩，更接近人類。」

我得為各位稍微複習一下《上課不要烤香腸》那一本的內容。

根據魔神仔婆婆的說法，不管是哪種妖怪，百分之九十九對於「人類」都有一種奇怪的迷戀，虛無飄渺如魔神仔，形體強大如巨蛇素子，都立志修煉成人。

至於修煉成人的方法則沒有定論。不過吃什麼就補什麼是很直觀的思想，想壯陽就吃懶叫，想補腦就吃腦，想補肝就吃肝，妖怪想變成人，就開始吃人，所以吃人當然是其中一門修煉顯學。而生呑活人，當然比啃食毫無生氣的死人來得加分。

素子是超級大蛇精，每年都在部落大蛇祭裡活呑了好多人，呑了高達千年的巨量，才累積出非常厲害的道行，得以運用被她吃掉的人的基因，慢慢轉化出人類的眼耳口鼻手指頭髮。但強者如她，也無法從自身的女體上生出至陽至剛的陰莖，所以吃人也是有它的極限。

至於山裡大部分的妖怪，普遍無法吞食活人，比如樹精，樹精是樹變的，樹吃習慣了陽光空氣水，樹精是要怎麼吃人呢？而且蝴蝶精也吃不了人啊！即使是吃肉的動物，比如雜食的飛鼠，嘴巴那麼小，變成了飛鼠精也很難吞得了活人，台灣黑熊妖嘴巴已經很大了，頂多殺人啃屍，生吞活人還是很難辦到。

怎辦？吞不了人，至少可以吞精。

一大堆無法生吞活人的妖怪，就聚在魔神仔開的紅山大旅舍裡當妓，跟每一個迷路登山客瞎搞，為的就是彎道超車，汲取人類繁衍生命的精氣，藉此提升修為。

這些吞精修煉的妖怪道行孱弱，如果離開紅山大旅舍的結界，在充滿靜謐氣息的山林水澗之間只能勉強維持一下下人形，時間一拖，很快就會露出尾巴。

山山跟我做愛時有一半的時間都是山羌的形態，此時跟我講話，半張臉都是白毛，我看依她的道行，就算下了山，百分之一億，也無法長時間維持人形，半羊不人的山山很快就會被靈異節目拍到做成特別單元。

「拍謝，我真的沒辦法。」我拒絕。

「沒關係咩咩咩，你可以先騙我啊。」山山的眼睛黑溜溜的。

「騙妳？」我不懂。

「對啊咩咩咩，你就騙我說，你下山以後會每天射在我身體裡四次，其實你每天只打算射兩次，這樣至少，就算是完成約定了咩咩咩。」

「啊？妳叫我騙妳？我真的聽不懂。」

「咩咩咩王大明騙我，我假裝相信了，完成條件交換，然後我就可以跟你一起下山了，到有很多人的都市……我從來沒有下山過，我真高興咩咩咩。」

「……」

「還是，你其實沒有打算射兩次，只有一次？」山山的眼睛圓圓的。

不是，都不是。我根本沒有打算帶妳下山啊山山。

「我的蛋在哪？有好幾天我都沒看到，它還在旅舍裡吧？」我努力打起精神，決定不管要不要離開這裡，都得先把蛋拿回自己身邊。

「蛋在旅舍後面的林子裡咩咩咩，那裡一直走一直走，走到很累很累的時候，就會看見一個很深的洞穴，那個洞眞的很深很深很深咩咩咩，我認識的每個妖怪都說，那個穴就是這座山的喉嚨，不管把什麼東西丟進去，都不會再出來了咩咩咩，就算是蜈蚣精也一樣，爬也爬不出來咩咩咩。」提到了山的喉嚨，山山的眼神有一點恐懼：「王大明，你不要管蛋了啦，我帶你從另一條路逃走咩咩咩，那我們算約定好了嗎？」

那些不打算把蛋打破的妖怪，把蛋放在那個很深很深的穴附近做什麼？一定不安好心。

「那個洞穴附近有什麼特徵？」我開始思忖。

「特徵……特徵是什麼意思啊咩咩咩？」山山一臉茫然。

「就是說，那個洞穴附近有沒有特別高的樹？還是小河？還是長得特別奇怪的大石頭……之類的？突然高起來還是突然低下去？」

「咩咩咩……山的喉嚨太深了，風被吸進去以後也出不來喔，所以越靠近那邊就越安靜。」山山很努力地試著回答我：「王大明，山山有說對嗎咩咩咩？」

「了解。我自己過去找蛋就行了。謝謝妳山山，不過我不能跟妳約定。」

除了魔神仔婆婆，我絕對比其他的妖怪都更熟悉紅山大旅舍的格局，在爛泥溫泉的後面有一道彎彎曲曲的小徑，可以避開正門溜出去，還能直接衝到山山提到的黑色林子。我打開蓋滿灰塵的背包，拿出用夾鏈袋密封的九把刀大便錦囊，掛在脖子上。

錦囊奔流出九把刀的王者臭氣，嚇得山山連滾帶爬縮在房間角落。

「爲什麼不能約定……山山好想跟大蛇精一樣……跟王大明很好很好咩咩咩。」

「……」我無言。

忠實讀者應該還記得這個荒謬的設定吧？九把刀的大便擁有超乎尋常的王者霸氣！在我老闆大便的威壓下，山山根本無法正眼直視我，連十分之一個人類的形體都維持不了：「山山也想變成人……變成人咩咩咩……」

「山山，謝謝妳偷偷告訴我大家的陰謀，不過妳親自帶我過去，如果被其他妖怪發現，妳不就準備倒大楣嗎？而且我只愛素子一個人，或妖怪，都好。我跟妖怪做愛這種亂七八糟的事，就停在此時此刻吧，持續跟固定一個妖怪做愛的話，一定會做出感情，那不就是……很不好嗎？」我感到萬分抱歉：「山山，妳是我在這個世界上最後一個幹的妖怪，無論如何……我會記得妳的。掰！」

山山持續在角落裡發抖。

我嘆了一口氣，像山山這種層次的低級妖怪，是不會了解我在說什麼的。

我向山山深深一鞠躬，這是我唯一能給的感謝。

05

褲子實在太鬆了沒辦法穿，我只套上鬆垮垮的T恤，穿上已經有點腐爛的球鞋，掛著一條在脖子上晃來晃去的大便錦囊，從爛泥溫泉後面潛出了紅山大旅舍，往黑壓壓的樹林裡狂奔。

有了九把刀的大便當護身符，我並不懼怕妖怪，但怎麼找到蛋，我眞是一無所知，尤其月亮被烏雲遮住，四面八方又都是很高的樹，視線一片黑漆漆，我被地上隆起的樹根絆倒了十幾次，被橫出的樹幹掃到飛起來十幾次，次次跌到眼冒金星。

「蛋啊蛋……給爸爸一點感應吧！讓爸爸知道你被藏在哪裡啊！」

我只能擦擦鼻血，爬起來，繼續在沒有方向感的樹林裡跑著。

我跑的方向是對的嗎？

像我這種一直往黑暗裡狂奔的跑法，有千分之一的可能跑對嗎？

我不知道。

唯一確定的是，絕對不能停下來。

就當作人蛋連線，我們一定可以父子連心。

拖著幾乎被徹底榨乾的身體，我的腳步越來越虛，只能憑意志力擠出腎上腺素，一直擠一直擠一直擠，左摔右摔前仆後倒，大概又摔了二十次吧，當我的眼睛漸漸習慣了黑暗，地面上盤根錯節的樹根與石塊已絆不著我的時候，我卻已筋疲力竭，完全腳軟。

我頭昏腦脹地坐在地上，好好地喘幾口氣，卻聽不清楚自己正在大口喘氣的聲音。我突然意識到樹林裡的聲音好像……好像有點怪怪的？好像很稀疏？很空洞？

這裡特別安靜。

蟲聲不知道在什麼時候消失了，連樹葉被風吹動的搖擺聲也感覺不到。如果不是我把腦袋跌傻了，就是山山所說的……連風都被吸進去的超深洞穴已經近了？

我還沒喘完，習慣了黑暗的眼睛卻告訴我，樹林裡的某些東西正在祟動。被包圍了。

不是一團漆黑，是一團又一團層層疊疊的漆黑，在巨大的漆黑裡慢慢靠近我。

毛骨悚然？

才怪！

「不要再靠近了，不然我一拳把你打扁！」我將大便錦囊握在拳頭裡。

天上的烏雲散出一條細縫，一滴月光漏了下來。

這滴月光，已足夠我看清楚了這些偷偷摸摸的王八蛋。

每一個，都是跟我搞過的妖怪！

攀附在樹上，匍匐在地上，搖曳在月光下，面目猙獰的山豬妖、山羊精、蝴蝶精、花精、魚怪、雞精、蝙蝠精、飛鼠精、鷹妖、樹妖、蛇精、獾怪、蜻蜓精、甲蟲怪、蚯蚓精、蝸牛怪……他媽的當然還有氣呼呼的山羌精！

「咩咩咩王大明眞可惡！竟然想逃跑！幸好我即時發現咩咩咩！」山山好生氣。

該說不意外嗎？我眞是對自己的大意感到惱怒。

這一大群妖怪從四面八方將我包圍住，如果我有一雙翅膀兩雙翅膀隨時出發

偷偷出發，我一定也會被鷹妖跟蝙蝠精給捉下來。

「王大明，你這就不夠意思了，不是說好了交換條件嗎？」

魔神仔婆婆站在一棵超高的大樹上瞪著我，手中捧著素子跟我的大蛇蛋：「我們這麼努力想辦法把蛋打破，你卻想偷蛋逃跑？人類違反了跟妖怪之間的約定，下場一定淒淒慘慘啊……」

我看清楚了，在我前面二十幾步果然有一個很大的洞，那個洞正好就在魔神仔婆婆所站的大樹下。魔神仔婆婆居高臨下的喊聲被吸了進去，在洞裡迴盪來迴盪去好像一個巨大的共鳴喇叭，這一定是山山提過的「山的喉嚨」。

「妳屁啦！」我很不爽：「你們根本沒有打算破蛋！你們只是想一直吸我的精！」

「你才屁，爲了打破蛋……我們每天都好努力！」魔神仔婆婆的聲音也很惱怒：「你呢？我們招待你吃好的睡好的，只爲了讓你一直爽一直爽，你回報我們的方式就是逃跑嗎！」

「幹雞幹樹又幹豬超變態的哪裡爽！一點都不爽！」我眞的是超氣，握緊大便錦囊作勢揮拳：「馬上！把蛋還給我！」

被我這麼一嗆，黑壓壓的樹林裡上百隻妖怪鼓譟起來，卻沒有一隻敢靠近。

看在妖怪的特殊視界裡，我手中的錦囊一定散發出極凶惡的霸者之氣。

我猜想……也只是我的猜想，依照漫畫《獵人》「念能力」跟漫畫《海賊王》「霸氣」的交叉理論，只要我握住九把刀的大便，我的拳頭應該就會被九把刀的「王者霸氣」包覆，產生「凝」的效果，那些妖怪如果被這種威力的拳頭打到，就等同人類被火箭炮直接命中一樣吧？應該是吧？

「王大明你爛死了！你雞雞超細！」

「我吃過的精液就你的最稀了！一點營養也沒有！」

「啪搭啪搭……背骨仔！偷蛋人！」

「有種放下大便！我跟你打！有種放下大便！我跟你打！」

「嗚嗚嗚嗚人類之恥！嗚嗚嗚嗚千萬不要跟別人說我跟你上過床！」

「吼吼吼吼王大明最爛！整座山就是吼吼吼吼你王大明最爛！」

「我從來沒有高潮！我跟你從來沒有高潮哞哞哞哞！」

群妖叫囂了老半天，吼得比他們在床上還難聽，就是不敢衝過來跟我對幹。

「哈哈哈哈哈爽啦！不敢過來打就把蛋還給我！」我得意起來，隨意揮著九把刀糞氣滿滿的拳頭：「來啊！來啊！妖怪不是好棒棒嗎！來啊！來啊！」

我故意往前一步，遠遠朝山豬妖空揮一拳，嚇得山豬妖從樹上跌下來。

我隨便又是亂揮一拳，距離超遠的雞鷲嚇得飛起來撞樹，兔妖直接噴屎。

「過來啊！過來打啊不要客氣！」

我朝最壯的熊妖空揮一拳，距離明明就超遠，熊妖卻直接暴哭。

「王大明！你太得意忘形了！」

魔神仔婆婆的形體突然迅速膨脹起來，遮蔽了半個天空。

這一膨脹妖氣沖天，別說嚇了我一跳，滿山滿谷的妖怪都往後縮了一大下。

魔神仔婆婆高高舉起了大蛇蛋，尖聲高亢：「我要把這顆爛蛋丟到山的喉嚨裡！就算一百年後它總算孵化了，也永遠爬不出這座山的喉嚨！」

我還沒反應過來，群妖就搖頭晃腦重複著……

「喉嚨」「喉嚨」「喉嚨」「喉嚨」「喉嚨」「喉嚨」「喉嚨」「喉嚨」

「喉嚨」「喉嚨」「喉嚨」「喉嚨」「喉嚨」「喉嚨」「喉嚨」「喉嚨」

「喉嚨」「喉嚨」「喉嚨」「喉嚨」「喉嚨」「喉嚨」「喉嚨」「喉嚨」

「喉嚨」「喉嚨」「喉嚨」「喉嚨」「喉嚨」「喉嚨」「喉嚨」「喉嚨」

「喉嚨」「喉嚨」「喉嚨」「喉嚨」「喉嚨」「喉嚨」「喉嚨」「喉嚨」
「喉嚨」「喉嚨」「喉嚨」「喉嚨」「喉嚨」「喉嚨」「喉嚨」「喉嚨」
「喉嚨」「喉嚨」「喉嚨」「喉嚨」「喉嚨」「喉嚨」「喉嚨」「喉嚨」
「喉嚨」「喉嚨」「喉嚨」「喉嚨」「喉嚨」「喉嚨」「喉嚨」「喉嚨」
「喉嚨」「喉嚨」「喉嚨」「喉嚨」「喉嚨」「喉嚨」「喉嚨」「喉嚨」
「喉嚨」「喉嚨」「喉嚨」「喉嚨」「喉嚨」「喉嚨」「喉嚨」「喉嚨」
「喉嚨」「喉嚨」「喉嚨」「喉嚨」「喉嚨」「喉嚨」「喉嚨」「喉嚨」

群妖低沉的複誦聲，從每一個方向灌入深深的大洞穴裡，再不斷翻滾迴盪出來，層層疊疊的低吼聲聽起來，根本就是一種公開處決的儀式，令我一陣暈眩。

「等一下！它不是你們妖界之光嗎！不准丟！」我慌了。

「不管蛋裡是什麼東西，都跟我們無關……我要讓它永遠不見天日！」巨大化的魔神仔婆婆在夜空上嘶吼，手裡的大蛇蛋震動著。

「糾抖糾抖！等等等等等等一下！」急中生智是我的強項，我大叫：「妳把蛋還我！我保證不揍死你們！從此以後，我再也不來你們這間爛店！保證！我保證！」

我的保證，聽在魔神仔婆婆與群妖的耳裡，就好像是一發好笑的屁，各種精怪的大笑聲從四面八方響了起來，一路響進了山的喉嚨，又鼓盪了十倍出來。

「真的！我保證！我王大明跟其他的人類不一樣！我保證！」我瞬間快哭了。

不行不行，我絕對不能讓素子跟我的寶貝被扔進什麼山的喉嚨……聽起來就是有去無回的大洞，我不想下一本「上課不要」系列是在寫我怎麼組織一支探險隊深入地底世界的恐怖故事啊！

「你的保證，從你偷偷逃跑開始……就是放屁！」

魔神仔婆婆的聲音又拔高了好幾層樓，震得整個山谷都在發抖。

「放屁」「放屁」「放屁」「放屁」「放屁」「放屁」「放屁」「放屁」

「放屁」「放屁」「放屁」「放屁」「放屁」「放屁」「放屁」「放屁」

「放屁」「放屁」「放屁」「放屁」「放屁」「放屁」「放屁」「放屁」

「放屁」「放屁」「放屁」「放屁」「放屁」「放屁」「放屁」「放屁」

「放屁」「放屁」「放屁」「放屁」「放屁」「放屁」「放屁」「放屁」

「放屁」「放屁」「放屁」「放屁」「放屁」「放屁」「放屁」「放屁」

「放屁」「放屁」「放屁」「放屁」「放屁」「放屁」「放屁」「放屁」

「放屁」「放屁」「放屁」「放屁」「放屁」「放屁」「放屁」「放屁」

「放屁」「放屁」「放屁」「放屁」「放屁」「放屁」「放屁」「放屁」

「放屁」「放屁」「放屁」「放屁」「放屁」「放屁」「放屁」「放屁」

「什麼放屁！我沒放屁！妳看著我的眼睛！大家看看我的眼睛！是不是綻放出誠懇的光芒啊！不是每個人類都有這種誠懇的光芒的！魔神仔……眞的！妳把蛋給我，我頭也不回……眞的！迷路是我的事！我頭也不回一路跑下山！我保證我的生命裡再也沒有紅山大旅舍！怎麼把蛋打開我自己的事！這十幾個月我射在大家身體裡的精液就當作大放送！免費大放送！」我眞的很怕魔神仔手一抖，蛋一滑溜下墜，就什麼都完了：「我保證！我用我的人格加肉體通通都保證！」

「我要將你的保證！跟你的蛋！一起丟進山的喉嚨！」魔神仔婆婆怒吼。

「喉嚨」「喉嚨」「喉嚨」「喉嚨」「喉嚨」「喉嚨」「喉嚨」「喉嚨」

「喉嚨」「喉嚨」「喉嚨」「喉嚨」「喉嚨」「喉嚨」「喉嚨」「喉嚨」

「喉嚨」「喉嚨」「喉嚨」「喉嚨」「喉嚨」「喉嚨」「喉嚨」「喉嚨」

「喉嚨」「喉嚨」「喉嚨」「喉嚨」「喉嚨」「喉嚨」「喉嚨」「喉嚨」

「喉嚨」「喉嚨」「喉嚨」「喉嚨」「喉嚨」「喉嚨」「喉嚨」「喉嚨」

「喉嚨」「喉嚨」「喉嚨」「喉嚨」「喉嚨」「喉嚨」「喉嚨」「喉嚨」

「喉嚨」「喉嚨」「喉嚨」「喉嚨」「喉嚨」「喉嚨」「喉嚨」「喉嚨」

「喉嚨」「喉嚨」「喉嚨」「喉嚨」「喉嚨」「喉嚨」「喉嚨」「喉嚨」

「喉嚨」「喉嚨」「喉嚨」「喉嚨」「喉嚨」「喉嚨」「喉嚨」「喉嚨」

「喉嚨」「喉嚨」「喉嚨」「喉嚨」「喉嚨」「喉嚨」「喉嚨」「喉嚨」

「喉嚨」「喉嚨」「喉嚨」「喉嚨」「喉嚨」「喉嚨」「喉嚨」「喉嚨」

滿山群妖一起重複靠北眞的很賤，難以想像這些王八蛋都跟我上過床！

「不要再一直喉嚨喉嚨了是在喉三小！是眞的！我保證拿了蛋，不會用錦囊揍這裡任何一個妖怪！不會！我也不會再回來！」我在滿山滿谷的喉嚨聲中大吼：「我說謊我就被車撞飛！跟我爸爸一樣全身被溶解！雞雞爛掉！耳屎很臭！」

我又怕又怒，握緊的拳頭幾乎將錦囊捏爆。

「保證？一個言而無信的逃跑仔還能保證什麼？不如我來保證！我來保證！你把手裡的錦囊吃了！我保證把蛋還你！」魔神仔婆婆的形體還在持續膨脹又膨

脹：「就是這樣！把錦囊吃了！王大明！我保證把蛋還你！」

哈囉？哈囉！

一旦我把九把刀的大便吃了，沒了王者霸氣，這裡隨便一個小妖怪都可以海扁我，扁完我後照樣可以再把蛋搶回去……不不不，是根本可以省略把蛋給我的程序，直接把我碾死。

「糾抖！我把錦囊吃了……妳還不直接把我幹掉嗎！妳當我白痴啊！我小學數學都一百分！國語也常常一百！」我完全不相信這種交易。

「吃精歸吃精，吃人歸吃人。」魔神仔婆婆厲聲說：「跟人類約定好的事，我們妖怪是絕對不會反悔的。王大明，你沒有選擇！嘴巴打開！」

「打開」「打開」「打開」「打開」「打開」「打開」「打開」「打開」

「打開」「打開」「打開」「打開」「打開」「打開」「打開」「打開」

「打開」「打開」「打開」「打開」「打開」「打開」「打開」「打開」

「打開」「打開」「打開」「打開」「打開」「打開」「打開」「打開」

「打開」「打開」「打開」「打開」「打開」「打開」「打開」「打開」

「打開」「打開」「打開」「打開」「打開」「打開」「打開」「打開」

「打開」「打開」「打開」「打開」「打開」「打開」「打開」「打開」

「打開」「打開」「打開」「打開」「打開」「打開」「打開」「打開」
「打開」「打開」「打開」「打開」「打開」「打開」「打開」「打開」
「打開」「打開」「打開」「打開」「打開」「打開」「打開」「打開」
「打開」「打開」「打開」「打開」「打開」「打開」「打開」「打開」
「打開」「打開」「打開」「打開」「打開」「打開」「打開」「打開」

我看著手中被大便浸潤變色的錦囊。

這是我唯一可以擊敗群妖的武器，也是我唯一能夠依靠的談判籌碼。

「打開」「打開」「打開」「打開」「打開」「打開」「打開」「打開」
「打開」「打開」「打開」「打開」「打開」「打開」「打開」「打開」
「打開」「打開」「打開」「打開」「打開」「打開」「打開」「打開」
「打開」「打開」「打開」「打開」「打開」「打開」「打開」「打開」
「打開」「打開」「打開」「打開」「打開」「打開」「打開」「打開」
「打開」「打開」「打開」「打開」「打開」「打開」「打開」「打開」
「打開」「打開」「打開」「打開」「打開」「打開」「打開」「打開」
「打開」「打開」「打開」「打開」「打開」「打開」「打開」「打開」

「打開」「打開」「打開」「打開」「打開」「打開」「打開」「打開」「打開」

「打開」「打開」「打開」「打開」「打開」「打開」「打開」「打開」「打開」

「打開」「打開」「打開」「打開」「打開」「打開」「打開」「打開」「打開」

好好好好，我知道……我的確沒有選擇。

我必須遵守對素子的承諾，不計代價，保護我們的孩子。

我認命地打開嘴巴，放入臭氣奔騰的救命錦囊。很遺憾口水不夠，織布的質感很粗糙，卡在喉嚨裡非常難吞，但也唯有連布一起吞下，我才能避開生吞九把刀大便的窘境。

在眾妖圍觀下，我吞了超過十幾分鐘，眼淚跟鼻涕都噴出來了，才完成了吞屎。

「把蛋還我……」我肯定是吞到臉色發白了。

好了，這下我連保護自己都做不到。

終於住嘴的滿山群妖，看向魔神仔婆婆。

膨脹到頂天的魔神仔婆婆一鬆手，任憑大蛇蛋墜下。

熟悉的狐臭味從天而降，大蛇蛋重重地砸在我面前。

我趕緊抱住好幾個月都不見的它，從那麼高的地方摔下，蛋殼依然一點破裂也沒有，可不知道蛋裡面的小小生命有沒有被震暈了。我摸摸它，敲敲它，忍受著惡臭親了親蛋殼。

「王大明，依照約定，蛋還你了。」

魔神仔婆婆的形體依舊高聳遮天，群妖只得仰望著她。

她的聲音，慢慢從高空中傳了下來：「大家搞了這傢伙這麼久，也沒一個特別長進的……我看這個傢伙的精液是名過其實了，大家直接把他分了，看看會不會有功效！」

等等……把我分了是什麼意思？該不會是我想的那個意思吧！

群妖登時聒噪起來，七嘴八舌的有夠吵，但聲音裡的惡意再清楚不過。

「糾抖糾抖！我是誰！哈囉！我是誰！大聲點聽不見！」我的逃生本能瞬間大爆發，雙腿一軟，直接跪下去：「我王大明啊！妖魔鬼怪的好朋友！紅山大旅舍的好夥伴啊！我們天天做愛啊有沒有！做愛就是……越做越愛！有沒有？有沒有！這裡誰沒有跟我上過床？快快快趕緊來報名！我保證一定苦幹實幹卯起來滿足大家，什麼妖怪人類，不要分那麼細！」

證。

在我胡亂跪求下，四周的妖怪討論聲很快冷卻下來，只剩下我持續不斷的保

沒有妖怪回應我。

月光好像特別黯淡，空氣也特別安靜。

「眞的！我保證我會努力吃光光各種大家送過來的補品！每一口我都會好珍惜，畢竟這是來自大家的溫暖！另外，我也會多曬太陽，全身脫光光加上滾來滾去地曬太陽喔！保證所有的日月精華都被我的皮膚吸進去！好棒棒的營養還有大自然的陽光，再經過我苦練多年、非常獨特的新陳代謝後，我的精液品質一定可以得到飛躍性地提升！我保證！我一定可以把大家幹到接近素子的境界！人妖合一！眞的！我保證！我眞的保證……」

我聽著自己持續不斷地、再接再厲地保證又保證，好像體內還有源源不絕的精液可以被壓榨。但大家都好安靜，連點頭或搖頭的聲音都沒有。

我的耳朵裡，只聽得到自己搖尾乞憐的聲音，那聲音再從山的喉嚨裡緩緩反芻出來。難道，這就是死亡的預感嗎……

擔任九把刀的靈感助理，讓我在短暫的生命裡已面對過十幾次瀕死的險境，

但這一次，在這荒山野嶺中，在這妖怪環伺的孤身一人下，我第一次，真真正正察覺到死亡是什麼意思……

魔神仔婆婆下命：「注意！不要吃太大口，每一張嘴都要確實分到！」

撒毀！

整座山的魑魅魍魎從四面八方衝刺過來，當真是各種動物植物的怪叫聲都來了，我只能用力一拳打在肚子上，試圖將尚未消化完畢的錦囊給嘔吐出來。

「嘔！」我張嘴，連一滴酸水都沒有吐。

嘣嘣嘣嘣咬咬咬咬撕撕撕撕撕啃啃裂裂吃吃吃吃吃吃吃吃吃吃裂裂裂裂裂啃啃啃啃啃啃抓抓抓抓咬咬咬刺刺啃裂裂吃吃吃吃轟轟轟抓抓抓嘣嘣轟轟抓抓抓嘣嘣吃吃刺刺刺啃裂裂吃吃吃吃啃裂裂吃吃吃吃吃吃轟轟轟轟轟轟抓抓抓嘣嘣咬咬嘣啃裂裂吃吃吃吃吃吃嘣刺刺刺啄啄啄啄啄啄啄啄啄啄啄啄啄啄啄啄啄咻咻咻啃啃咻咻咻咻抓抓抓抓咬啃啃啃突突突突突嘣咬咬咬咬咬咬撕撕轟轟轟咬咬撕撕撕啃裂裂吃吃吃吃吃吃撕咬嘣嘣刺刺刺咻啃啃啃裂裂吃吃吃吃吃吃吃啃啃抓抓抓抓咬咬咬撕撕轟轟轟轟轟轟撕撕咬裂裂裂啃啃啃咬咬咬咬轟轟轟嗚嗚嗚嗚嗚嗚嗚嗚喔喔咬咬咬撕撕轟轟轟喔喔喔喔喔啃啄啄啄啄啄啄啄啄啄啃啃啃吃吃吃吃撕撕啃裂裂

吃吃轟吃吃轟轟轟轟轟轟吃吃啃咻咻啄啄啄啄啄啄啄啄啄啄啄啄咻咻抓抓抓抓抓抓撕撕撕撕啃啃啃唰唰唰唰咬咬咬咬撕撕撕撕撕啃啃裂裂吃吃吃吃吃吃吃吃吃裂裂裂裂裂啃啃啃轟轟轟轟轟轟啃啃啃抓抓抓抓咬咬咬啄啄啄啄啄啄啄啄啄啄啄啄刺刺啃裂裂吃吃吃吃轟轟抓抓抓唰唰轟轟抓抓抓唰唰吃吃刺刺刺啃裂裂吃吃吃吃啃裂裂吃吃吃吃吃吃吃轟轟轟轟抓抓抓唰唰咬咬唰啃裂裂吃吃吃吃吃吃唰刺刺刺咻咻咻啃啃咻咻咻咻抓抓抓抓咬啃啃啃突突突突突唰咬咬咬咬咬撕撕轟轟轟咬咬撕撕撕啃裂裂吃啄啄啄啄啄啄啄啄啄啄啄啄吃吃吃吃吃撕咬唰唰刺刺刺咻啃啃啃裂裂吃吃吃吃吃吃啃啃抓抓抓抓咬咬咬撕撕轟轟轟轟轟轟撕撕咬裂裂裂啃啃啃咬咬咬轟轟轟嗚嗚嗚嗚嗚嗚嗚嗚喔喔咬咬咬撕撕轟轟轟喔喔喔喔喔啃啃啃啃吃吃吃吃撕撕啃裂裂吃吃吃吃吃吃啃咻咻咻咻抓抓抓抓抓抓撕撕撕撕啃啃啃轟轟轟轟轟轟轟轟轟轟轟轟轟轟轟轟轟轟啄啄啄啄啄啄啄啄吃吃吃

我彷彿置身在狂風暴雨的中心，群妖在我身邊團團飛奔起來，一邊亂笑，一邊撕開我的血肉，扯我的頭髮，掐我的奶頭，折我的手指，撕我的耳朵，細碎又刺痛的攻擊綿綿不絕，一小口一小口地吃著我，根本就是凌遲……

超痛！超痛啊！是誰啄我的龜頭啊！

我緊緊抱著大蛇蛋，在我眼睛被啄爛之前，我勉強看準了方向。

唯一的機會，就是朝連妖怪都不敢靠近的「山的喉嚨」縱身而下……

「啊啊啊啊啊啊啊啊啊啊啊……」我抱著蛋往前衝，衝！衝！衝！

就算摔死，也好過這一番超沒品的凌遲！

衝衝衝！我的孩子你不要怕！不管是萬丈深淵還是地獄入口爸爸都陪你啦！

「啊啊啊啊啊啊啊啊啊啊啊啊啊！」我沒有閉上眼睛！我沒有閉上眼睛！

只差一步，只差一步……

一道污濁的勁風甩上了我！

「想得美。」

是魔神仔婆婆像鋼鞭一樣的尾巴，抽斷了我的肋骨，將我掃飛。

我在半空中飛著……旋轉著……距離山的喉嚨越來越遠……越來越遠……

很好。

如果說我王大明有一項特異功能的話，那就是絕處逢生了。

這個高度很不錯，我的暈眩感也很劇烈。

我摔回地面時故意沒有護身，承受恐怖的瞬間一撞，撞擊中，我將大蛇蛋牢牢抱住，趁勢擠壓腹部，好讓內臟好好激烈翻一遍——吐吧！吐吧！

我拚命張大嘴，仰天乾嘔了好幾口。

錦囊……錦囊……錦囊啊？

空氣凝結。

「夠了，我要心臟。」

在夜空下，居高臨下的魔神仔婆婆尾巴慢慢豎了起來，堅硬的鱗片在月光下閃閃發亮，尾端尤其散發出銳利的輝芒，好像一條金屬鞭子。

我哭著搥著肚子，大哭特哭，一把眼淚一把鼻涕用力搥著肚子。

我不甘心，我明明就那麼想吐，我明明就那麼想吐嗚嗚嗚嗚……

魔神仔婆婆的尾鞭自高空一抽，像金屬閃電一樣，劈擊而下！

唰！

據說，人在死亡的一瞬間，腦海裡會把一輩子經歷的一切快速重播一次。
我來不及閉上眼睛。
但如果是眞的。
我是說，如果。

我想再一次回顧素子跟我之間的愛情。

06

我叫王大明。

爲了破解當年我爸爸被溶解之謎，我應徵當上了作家九把刀的助手，負責幫他應付男性讀者的各種要求，還幫他上天下海蒐集寫作靈感，至今已過了十年。

這十年，這莫名其妙的十年。

我在鹿港的恐怖旅舍裡被無數自殺的鬼魂圍繞，僥倖不死。

我被超會踩腳的病態女讀者纏上，她踩爆一個神棍的腦，最後被我逃掉。

一個女高中生開快車載我，在半夜超速連闖十四個紅綠燈，我沒死成。

不斷喬奶的怪異大嬸找上門，最後產生超恐怖的人體大核爆，沒能殺死我。

第一次遇到魔神仔，吃了蚯蚓大餐被迫嫖了一堆妖怪，我也堅強地活下去。

史前巨蛇在我面前生吞了好友，我照樣厚顏無恥地逃跑，還反過來上她。

被外星人抓去做灌腸實驗，屁眼被塞了一堆仙草，最後幸運被素子搭救。

被爛警察關在派出所，我努力求生，寡廉鮮恥地吃著被精液污染的便當。

差點被外星人封印進爛A片，我抓狂把陰莖打到焦掉冒煙，反封印了對方。
我愛上千年蛇精，親手燒掉她身體每一顆細胞，含淚送她去了五百年前。
這十年，這驚濤駭浪的十年。
我是從小在地球長大，個性溫和，爸爸被溶解，遇過許多不可能的，王大明。
每一個不可能，都讓我王大明厚顏無恥地撐過去。
今天，就在此時此刻，我遇到了這輩子最後一個不可能。
這一次，是我的死期。

四周很安靜，月光很柔和。
來不及閉上眼睛的我，看得很清楚。
魔神仔婆婆的尾巴快速絕倫甩到我面前，距離刺破我的胸口，只有短短……

一隻手，當然不是我的手。

一隻手衝破了奇硬無比的大蛇蛋，硬生生抓住了金屬鞭子一樣的尾巴。

我怔住。

魔神仔婆婆怔住。

滿山滿谷的魑魅魍魎怔住。

那隻手，青筋暴現的手，輕輕一捏，將魔神仔婆婆的尾巴瞬間擰碎。

「吡吡吡……不准傷害我爸！」

蛋殼整個爆炸。

一個赤裸裸的小男孩從充滿狐臭味的蛋液中走了出來。

超強的妖氣。

不，是狐臭。是超強的狐臭。

滿山滿谷都瀰漫著一股沉重的狐臭味。

絕對壓倒性的恐怖狐臭。

人類與妖怪不倫不類的結合，萬中無一的壞壞基因。

一出生，就位於天地萬物的食物鏈之最高頂點，妖中之妖。

「恭喜你了王大明。」

沒想到魔神仔婆婆賊賊一笑，身形從遮蔽半邊天的巨大迅速縮小，輕輕落地。

滿山精怪也一改乖戾，手拉著手，爪子拉翅膀，大家笑呵呵地席地而坐。山山在群妖之中向我揮揮手，拋了一個大獲全勝的媚眼給我。

我不懂。

但也懂了。

我該說什麼呢？謝謝？

「跟人類約定好了的事，我們妖怪是絕對不會反悔的。」

魔神仔婆婆摸著她被擰斷的尾巴，尾巴慢慢長了回來：「你盡心盡力貢獻了一年份的精液，而我們也終於想出了辦法，一齊將蛋打開了。」

「了解。」我也慢慢坐下。

遍體鱗傷的我，雖然一身傷痕累累，但除了龜頭被啄了好幾下，其餘都是微不足道的小傷，這種傷勢，在如此狂風暴雨的凌遲下簡直就是刻意維護的奇蹟。

死裡逃生習慣的我，完全懂了。

肯定是試過了很多種辦法都不成功，這些妖怪挫折了好半天，終於琢磨出一個基本猜想——唯有我面臨生死關頭，尤其是爲了保護蛋裡孩子才陷入的最後絕境，才能誘發出蛋殼裡面的生命本能，爲了及時拯救我，只好甦醒爆發。

多虧這一大群魑魅魍魎串謀了半天，想了一個合情的劇本，選了這麼合理的地點，什麼有進無出的「山的喉嚨」……設下如此舞台，合演了一齣驚心動魄的大戲。

爲的就是，逼出蛋！

「辛苦大家。」我點點頭，這是我僅剩的力氣。

「辛苦王大明了。」「辛苦王大明了。」「辛苦王大明了。」「辛苦王大明了。」「辛苦王大明了。」

「辛苦王大明了。」「辛苦王大明了。」「辛苦王大明了。」「辛苦王大明了。」「辛苦王大明了。」

「辛苦王大明了。」「辛苦王大明了。」「辛苦王大明了。」「辛苦王大明了。」「辛苦王大明了。」

「辛苦王大明了。」「辛苦王大明了。」「辛苦王大明了。」「辛苦王大明了。」「辛苦王大明了。」

「辛苦王大明了。」「辛苦王大明了。」「辛苦王大明了。」「辛苦王大明了。」「辛苦王大明了。」

「辛苦王大明了。」「辛苦王大明了。」

「辛苦王大明了。」「辛苦王大明了。」

「辛苦王大明了。」「辛苦王大明了。」

「辛苦王大明了。」「辛苦王大明了。」

「辛苦王大明了。」「辛苦王大明了。」

「辛苦王大明了。」「辛苦王大明了。」

「辛苦王大明了。」「辛苦王大明了。」

「辛苦王大明了。」「辛苦王大明了。」

「辛苦王大明了。」「辛苦王大明了。」

「辛苦王大明了。」「辛苦王大明了。」

「辛苦王大明了。」「辛苦王大明了。」

「辛苦王大明了。」「辛苦王大明了。」

「辛苦王大明了。」「辛苦王大明了。」

「辛苦王大明了。」

眾妖欣然接受。

我點完頭，換低頭。

我只能低頭幹。

幹。

07

「爸。」

完全沒有理會魔神仔婆婆等眾妖的眞情告白，破蛋男孩兀自站在爆成碎片的蛋殼中，從頭到尾只是痴痴地看著我，表情好像非常感動。

感動個屁，我眞的很難接受，眞的，無法接受。

「呲呲呲爸，雖然我還搞不太懂，但我在蛋殼裡，隱隱約約知道你一直在保護我。」

破蛋男孩說是男孩，但長得根本就不是個男孩。

是個男人，是個大大逾期的中年男子。

「……我不是你爸。」我直接就哭了。

「啊？爸？呲呲呲你不是我爸？」破蛋男孩愣住。

「幹！我幹你娘！」我繼續哭。

「爸？爲什麼……呲呲呲幹你娘？」破蛋男孩畢竟是妖怪，在蛋裡也聽了很多話語，一出生就懂語言。

「因爲我不是你爸！我只是幹你娘！」我哭到噴鼻涕。

我不是沒想過這個可能，但這是我當主角的故事啊，是我王大明跟素子的愛情故事啊，種種的故事邏輯都應該照著我王大明的主流路線來進行啊……我的愛情應該壓倒性地制伏其他不乾不淨的可能性才對啊！

「吡吡吡你只是……幹我娘？」破蛋男孩很迷惘。

「對！我幹你娘！你爸也幹你娘！」我邊哭邊罵。

「你跟我爸，吡吡吡一起……幹我娘？」破蛋男孩看起來更迷惘了。

「沒有一起！沒有一起！我們才沒有一起……幹你娘！我單方面幹你娘，你爸也是單方面……但你娘不愛你爸！百分之百不愛你爸！你娘還吃了你爸！」我大哭，我眞的大哭。

爲什麼從蛋裡破出來的男孩不但不像我，還跟金毛王長得一模一樣，一模一樣糙老啊！不但一點都不像劉德華，連一頭俗俗的金髮都在蛋裡提前染好了，命運之神連一點點一滴滴自欺欺人的機會都不留給我啊啊啊啊啊啊啊！我早該發現的！就在這顆蛋一直散發出恐怖狐臭我就應該發現了啊啊啊啊啊啊啊啊啊啊

啊啊啊啊啊啊啊！

滿山精怪看著我大哭出醜，漸漸明白發生了什麼悲劇，紛紛把頭別過去或低下來，避開我狼狽的樣子，比眞正的人類還識相。

「呲呲呲我娘吃了我爸？我爸很好吃？」破蛋男孩好奇。

「你爸一看就知道超難吃！但你娘沒有錯！不要怪你娘，要怪就怪你爸！因爲你娘一點也不愛你爸！不愛不愛她眞的不愛啊啊啊啊啊啊！」

我哭到痛徹心扉，素子留給我的還眞的不是我的小孩，是金毛王的幹！幹幹幹幹幹幹幹到底是想怎樣啊！這麼不幸的我爲什麼沒有贏得朗基努斯之槍啊啊啊啊啊雖然那一把明顯是假的但冠軍絕對是我啊啊啊啊啊啊啊紅纓牌朗基努斯之槍啊啊啊啊啊啊！我眞不幸我眞不幸！我比不幸還要不幸！我這個眞不幸連假不幸都贏不了啊啊啊啊啊啊啊啊啊啊啊！

「那……我娘愛你呲呲呲？」破蛋男孩呆呆蹲在我面前，眞的是超臭！

他近距離看著我。

唯有他的眼睛，隱隱約約在瞳孔深處閃現成一條弧線，像極了他媽媽的美麗蛇眼。

「你娘說她不知道！但是她說希望可以愛我！她問我可不可以跟金毛王做愛！我說不可以雖然她早就做過了！她問我爲什麼不可以跟金毛王做愛！我說因爲她是我的！雖然她不是我的但我就是想這麼回答她啊！因爲我愛她啊！她說她想爲我流第一滴眼淚雖然她沒有！她說謝謝我教她怎麼當一個人！你娘叫我給她一個新的名字！我叫她白素貞！我叫她白素貞！我叫她白素貞啊！你娘問我她眞的可以擁有這個名字嗎！我說……可以可以！我說可以可以！只有她叫這個名字我才能放心！放心相信她眞的成功穿越到五百年前啊！我才能放心啊！嗚嗚嗚嗚嗚嗚嗚嗚嗚……這樣我才能放心啊嗚嗚嗚嗚嗚嗚……」

破蛋男孩皺眉，抓抓頭，吐吐舌，好像不知道該拿我怎辦。

「你跟我爸都幹我娘，吡吡吡我應該叫你什麼？」破蛋男孩很爲難：「幹娘人？幹娘的人？幹娘同好？幹娘好朋友？幹娘……」

「夠了！」我哭得驚天動地：「就叫我爸！我發過誓會好好照顧你……叫我爸！」

「爸，吡吡吡也好。」破蛋男孩用舌頭舔了舔鼻子。

破蛋男孩摸著咕嚕咕嚕叫的肚子，站了起來，不懷好意的眼神掃視了全場。

「這些看起來又醜又兇的東西就是妖怪吧？看起來好像很好吃呲呲呲。」

在說什麼啊？

群妖一凜，紛紛把視線投了過來。

「……不要鬧了，大家都是叔叔伯伯阿姨阿嬸，你媽以前都認識的。」我胡說八道，依舊是淚光閃閃：「你是妖界之光，不要丟你媽的臉。」

「呲呲呲爸，從誰開始好呢？」破蛋男孩環顧四周。

他的眼神溜溜轉轉，令每一個被眼神掃到的妖怪們感到很不自在。

魔神仔婆婆微微後退了一步。領頭的這一退，也讓所有妖怪警戒了起來。

破蛋男孩的媽媽素子是妖中之巨，可說是方圓百里之內加上百里之外的恐怖大妖怪，雖然混雜了金毛王的噁爛基因，降低了格調，整體還是強爆，他輕而易舉就擰碎了魔神仔婆婆的尾巴就是最好的證明。他一動手，肯定是鋪天蓋地的屠殺。

「喂喂喂，我叫你別把腦筋動到叔叔伯伯阿姨阿嬸上，他們都是幫助你破蛋而出的恩人，了解？」我趕緊擦掉眼淚，可不能讓這種事發生。

「呲呲呲，呲呲呲，呲呲呲……」破蛋男孩開始不說人話，逕自扭動脖子暖身，原本就很驚人的狐臭又更濃烈了。

這是什麼轉折啊？你以爲你是嵌合蟻蟻王啊？

「糾抖糾抖！停！」

我雖然有點害怕，但我要當爸爸就得拿出當爸爸的架勢，我拍拍破蛋男孩的肩膀，喝斥：「兒子！不准亂吃妖怪，肚子餓了，我們就喝水，喝水喝不飽就吃水果，吃御飯糰，吃雞蛋，了解？」

「呲呲呲，呲呲呲，呲呲呲……」破蛋男孩已經失去溝通能力了，他初次體驗的飢餓已控制了他的意志，變成一個非常不可愛不聽話的壞東西。他看起來像是人類皮膚的底下，出現若隱若現的蛇鱗，好像很堅硬。

又後退了兩步，魔神仔婆婆豎起鞭子一樣的尾巴，重振旗鼓。

滿山魑魅魍魎全都拱起身形，齜牙咧嘴，完全不是剛剛圍攻我的那種假鬼假怪，個個認眞散發殺意。

「等等等等等！通通給我停！」我打開雙手站在破蛋男孩前面，認眞調停：「紅山大旅舍的大家！對不起對不起！我來不及教小孩他就肚子餓了，你們這邊有沒有隨便……隨便一個水果都好，還是蜂蜜啊蚯蚓啊……我讓他吃吃看，他不餓就沒事了，眞的！讓我教教看！」

「呲呲呲呲呲呲呲呲呲……」破蛋男孩已經完全無視我，直接走過來，將我一肩撞開，眞的是一出生就餓昏頭。

不斷後退，尾巴不斷甩來甩去的魔神仔婆婆高亢宣布：「對不起了尊敬的王大明，如果這臭小子動手，我們也只好不客氣。也許，我們也只有這次機會可以幹掉他了。」

「幹掉他！」「幹掉他！」「幹掉他！」「幹掉他！」「幹掉他！」「幹掉他！」

「幹掉他！」「幹掉他！」「幹掉他！」「幹掉他！」「幹掉他！」「幹掉他！」

「幹掉他！」「幹掉他！」「幹掉他！」「幹掉他！」「幹掉他！」「幹掉他！」

「幹掉他！」「幹掉他！」「幹掉他！」「幹掉他！」「幹掉他！」「幹掉他！」

「幹掉他！」「幹掉他！」「幹掉他！」「幹掉他！」「幹掉他！」「幹掉他！」

「幹掉他！」「幹掉他！」「幹掉他！」「幹掉他！」「幹掉他！」「幹掉他！」

「幹掉他！」「幹掉他！」「幹掉他！」「幹掉他！」「幹掉他！」「幹掉他！」

「幹掉他！」「幹掉他！」「幹掉他！」「幹掉他！」「幹掉他！」「幹掉他！」

「幹掉他！」「幹掉他！」「幹掉他！」「幹掉他！」「幹掉他！」「幹掉他！」

「幹掉他！」「幹掉他！」「幹掉他！」「幹掉他！」「幹掉他！」「幹掉他！」「幹掉他！」「幹掉他！」「幹掉他！」「幹掉他！」「幹掉他！」「幹掉他！」「幹掉他！」「幹掉他！」「幹掉他！」「幹掉他！」「幹掉他！」「幹掉他！」

「等等！」我大叫：「不應該是這樣啊！」

「呲呲呲……呲！」破蛋男孩全蛇眼，消失。

下一眨眼，我被無數道腥風血雨團團包圍，我連自己的尖叫聲都聽不到。

無數妖怪的殘肢斷頭在我面前飛過。

蟾蜍啊，牛啊，雞啊，樹啊，豬啊，飛鼠啊……污濁腥烈的妖風咻咻咻擦過我的身體邊緣，來回幾百次都險些將我撞倒。我當然站不穩，卻很努力保持平衡，我知道這一場惡戰雙方都努力避開了我，但我稍微一動，可能就會掃到颱風尾，瞬間被分屍。

熊妖兀自嘶吼的半張臉，雞精破碎的羽毛，蜘蛛精被拆下的節肢，魚精破破爛爛的內臟，蛇妖斷成十多截的身體，鷹妖活生生被拔掉的斷翅，幾十隻猴精在半空中翻滾的腦袋，遭從中撕成兩半的樹精，直接被揉成漿糊的山椒魚精……

我發抖，我失禁，這場妖妖惡戰很快就來到了終點。

空氣瀰漫著濃烈的狐臭，以及複雜的各種氣味。

滿地的猩紅慘綠，肢肢漿漿。

破蛋壞男孩的兩隻手都不見了，只剩下血淋淋的肩膀，嘴巴卻鼓得超大。

一隻山羌精破碎的身體在半空中垂來晃去，被破蛋壞男孩用巨嘴慢慢生吞。

「我有名字……山山……山山咩……」山山的臉卡在破蛋壞男孩的齒縫裡。

破蛋壞男孩用力咀嚼，山山的臉整個裂開爆漿，緩緩灌入食腔。

「這一切……對不起……」我很難形容我正在吞嚥的苦澀感。

捲曲的樹葉與發燙的妖怪殘屑，黏在噴得我滿身奇怪的汁液上，混濁的氣味侵蝕我透支的身體，我好想大吐特吐，我真的好想大吐特吐……

「呲呲呲……呲呲呲……」破蛋壞男孩吐出山山的蹄子，打了一個嗝。

跟他媽一樣，這個嗝又臭又噁。

我好想吐真的好想吐。

「吃夠了吧？」我腳一軟，跪在地上，卻完全壓抑不了憤怒：「你吃了那麼多同類，有沒有一點克制啊？道歉！快跟大家道歉！說你不會再犯！發誓你永遠都不會再吃同類！」

「吡吡吡……好像，暫時不那麼餓了。」破蛋壞男孩看了看空蕩蕩的肩膀以下：「不知道還能不能長回來，是說剛剛打來打去的時候，雙手好像不太管用，算了吡吡吡……吡吡吡……」

只有不到一半的精怪還有本事站著，層層圍著破蛋壞男孩，卻也不敢逼近。魔神仔婆婆喘著氣，挺起殘破不堪的尾巴鞭，無力地在半空中虛甩著。

僅僅是中場休息，群妖正醞釀著下一波的猛攻。

「發誓！快點發誓！不然你會死的！」我大吼：「我是你爸！聽爸的話！」這醜孩子雙手都不見了，要怎麼跟大家打下去！會被活活打死的！

看到我這麼著急，破蛋壞男孩好像很驚訝。

「才怪咧爸吡吡吡，我才不會被這些低級妖怪打死。」破蛋壞男孩露出金毛王招牌的賤樣：「我好像比媽媽還強喔吡吡吡……吡吡吡……我的胃，可能也比媽媽大喔吡吡吡……」

破蛋壞男孩若無其事抖了抖沒了雙手的身子，抖落了無數妖怪的屍屑，一個大甩頭，身上的狐臭竟然又更濃烈了，失去了雙手好像一點也不妨礙。

我痛苦地看著魔神仔婆婆。

帶了這麼一顆危險的大壞蛋投奔紅山大旅舍，害慘大家，我眞是無地自容。

「別介意，尊敬的王大明，被吃掉的妖怪也只是換了一個地方修行罷了。」魔神仔婆婆遠遠安慰著我：「最後不是他吃掉我們，就是我們分食了他，彼此的肚子都是彼此的道場。」

「是喔呲呲呲？」破蛋壞男孩皺眉，看著半鼓起來的肚子搖頭晃腦：「原來剛剛被我吃掉的妖怪都在我肚子裡修行啊呲呲呲，有意思呲呲呲……」

非常沒品，跟金毛王一樣沒品。

面對如此沒品的爛妖怪，魔神仔婆婆的形體再度膨脹，一下子就進入終極的戰鬥架勢。

「我吃不了這條小蛇，但還能勉強拖住他七陣落葉的時間。尊敬的各位道友們，百年修煉不易，儘管逃走吧，暫時不要再回到這座山了，另覓別處潛修。」魔神仔婆婆的尾巴雖然千瘡百孔，還是在月光下揚起了一鼓勁風。

群妖倒是很誠實，登時散了大半，留在原地陪戰的僅有一開始的十分之一。

原本或許還能一鬥，現在還眞是勝負分明。

「呲呲呲什麼七陣落葉亂講一通，大家儘管來我的肚子裡修行吧呲呲呲。」

破蛋壞男孩蛇眼溜溜，整個身體都捲了起來，那已完全不是人類的模樣：「先吃光你們，我再追上去把整座山的妖怪都吃光吡吡吡……然後再去吃下一座山……」

太壞了，眞的太壞了。

但這麼壞的妖怪，始終都是……素子託付給我的，遺物。

最後的屠殺一觸即發。

整個晚上摔來摔去，頭痛欲裂的我，只能搖搖晃晃地看著破蛋壞男孩。

他面目猙獰的失態，恐怖絕倫的殺氣，慢慢跟嵌合蟻蟻王的模樣重疊在一起。等等？蟻王！

「等等……等等等等，如果不能好好教育你，那就條件交換吧。跟大家道歉，發誓從此不再亂吃妖怪，我就以爸爸的身分給你一個名字。」

群妖瞬間都愣住了，連魔神仔婆婆也瞪大了眼睛。

原本還一臉不以爲意的破蛋壞男孩，馬上從眾妖的異樣反應中感覺到，從我這裡得到一個名字，好像是一件很了不起的事。

「擁有一個人類，尤其是父親，所給出的名字，就是一個妖怪開始接近人類的眞正起點。是，一定是這樣的，你媽媽素子就是最好的例子。」我握緊拳頭，必須賭最後這一把：「身爲丈夫，我爲她取名叫白素眞，那可是流傳千古的，宇宙第一的好名字。」

聽到「白素眞」這三個字，還留著一起戰鬥的群妖都激動了，嚷嚷這白素眞竟然來自我起的名字，當眞是妖怪界除了孫悟空以外最響徹雲霄的名字了，讓他們超級羨慕。

破蛋壞男孩臉上的表情陷入迷惘。

表現得像個好孩子吧，至少，表現得你有一點點想要成爲好孩子吧。

「名字……吡吡吡……吡吡吡……爸爸給的名字……名字名字名字……」

破蛋壞男孩一開始表現得非常彆扭，沒幾秒，便暴露了他心底根本是極度渴望，他興奮地發抖：「那好吧，大家對不起，我發誓從此不再亂吃大家了。爸，給我名字，我要一個比媽媽還要好聽的名字。」

不只我鬆了一口氣，魔神仔婆婆也吐了好大一口氣，不須要戰鬥的眾妖也縱聲歡呼起來——跟人類約定好的事，妖怪是絕對不會反悔的。

「好，很好。」我終於可以笑了。

「我姓王，你不得不跟我姓，也姓王。你頭髮金金的，就跟……嗯嗯嗯一樣，所以給你的第二個字，叫金。你沒了雙手，也算是從這些叔叔伯伯阿姨阿嬸身上學到了一個寶貴的教訓，導致你看起來不像一個人，而是像一條人，所以第三個字，就叫條吧。三個字加起來，就是王金條，在人類的世界裡這個名字非常地貴氣，而且非常好記，將來可以加速你融入人類的社會。」

「王金條……王金條呲呲呲……我有一個名字，叫王金條。」破蛋壞男孩反覆咀嚼著他的名字，好像十分高興：「王金條王金條王金條王金條王金條我叫王金條呲呲呲！」

我該感到欣慰嗎？

「好了，王金條，我們下山吧。」我拍拍破蛋好男孩的肩膀。

現在我們父子之間，正需要這樣的親密距離。

我摟了摟王金條失去雙手的身體，疲憊地笑著：「我們去山下找一間便利商店吹冷氣，吹到感冒，然後吃便當，各種口味都很好吃的，我個人是推薦奮起湖……」

「等一下爸呲呲呲。」王金條忽然蛇眼溜溜：「我先吃光大家呲呲呲。」

遭到重大背叛的魔神仔婆婆不敢相信有妖怪會如此違背誓言，她甚至來不及重新豎起尾巴備戰，眾妖更是會意不過來，莫名其妙地看著站在我身邊的王金條露出猙獰的巨嘴，妖氣十倍爆發。

「我就沒品啊呲呲呲。」王金條猛張的血盆大口，流洩出濃厚的惡臭。說過了，我們父子之間，現在這樣的距離很好。

我就知道。

我在王金條的血盆大口前用力一吸。

極臭！品性的腐爛！加上金毛王基因的惡臭！通通吸！我通通吸！猛力一拳，狠狠揍向整個晚上都在激烈翻滾的肚子。

大量胃液腸汁穢物噴出了我的嘴。

我伸手，往前一把抓住……混雜在嘔吐物裡的霸氣錦囊。

含淚，含恨，含怒。

「我幹你娘。」

我用死命握緊錦囊的一拳，轟上了王金條的醜惡嘴臉。
王金條臉頰上的蛇鱗碎開，慢慢碎開，快速碎開。
他大概，正用一種無法置信的眼睛看著我吧。
但我一點也不想再看他一眼。
我頭低低，瞥見王金條的影子快速往前噴飛，一路噴到了山的喉嚨。
那底下不管是什麼，王金條，你都去看看吧。

08

我現在正坐在便利商店裡吹冷氣，吃著奮起湖便當。

這是我下山後，第十七個奮起湖便當。

我無法不這麼想……王金條的誕生是爲了救我，本性也不是壞到極點，如果素子還在，我們一個打，一個罵，一起教育那個小壞蛋，不知道王金條有沒有成功教化的可能？

或許在另一個平行時空裡，我跟素子，加上王金條，正坐在便利商店裡一起吃奮起湖便當配麥香紅茶。

或許，或許，或許眞的有那個美好的平行時空吧。

但這裡，陪伴我的只有獨自吹冷氣吃便當的現實，以及殘留在我拳頭上的觸感。

那些魑魅魍魎合演的大戲裡，關於「山的喉嚨」的傳說倒是沒有說謊。

自古以來，「山的喉嚨」深到只有各種掉進去的畫面，沒有任何爬出來的生還者說詞。魔神仔婆婆頗有深意地說，王金條的身上有素子的超強基因，死是死不了的，山的喉嚨最適合永久隔離沒品的王八蛋，王金條就在裡面好好反省自己爲什麼一出生就那麼糟糕吧。

或許幾千年後地殼變動，王金條就會被擠壓出來了，到時的事到時再說。

大家一起收拾大戰殘局的方法，就是將死去的同伴留下來的斷肢斷頭撿起來吃掉，我懂，這不僅是珍惜食物，也是將彼此剩餘的部分混在自己身體裡一起修行的心意。大家一邊吃著同伴，一邊跟同伴道別，氣氛是有一點點感傷，但真的沒有太誇張。

我找到山山留在地上血肉模糊的蹄子，將它妥妥地裝在背包裡。雖然我沒有答應她什麼，但如果她最大的心願是去人類的城市看看，我能做的也不過是把她的斷蹄帶去台北。僅此而已。

下山前，我很不好意思地向魔神仔婆婆道歉，我搞來的大蛇蛋害山裡很多妖怪都死了。我話還沒說完，魔神仔婆婆等妖怪反過來大哭跟我道歉，再三強調他們妖怪真的很講誠信，正所謂「約定好的事，妖怪是絕對不會反悔」這個他們引以爲傲的設定卻一下子就被王金條打臉，他們真的感到非常非常非常地丟臉。

我說，王金條的基因裡有一半來自人類，而且是一個很糟糕的人類，加起來等於是一頭很不純的妖怪，叫他們別把這種鳥事放在心上。我倒是認真告誡魑魅魍魎，希望妖怪彼此互相信任就好了，人類嘛，最大的武器就是謊言，妖怪一廂情願跟人類講誠信，難怪會被逼到只能躲在深山裡修行。

我逐一抱了抱僥倖不死的每個妖怪，說我一定會再回來紅山大旅舍跟大家做愛，又用眼神偷偷暗示他們，我只是隨便說說。希望他們都能從我身上學到了人類毫不可信的教訓。

下山後，我將山山的蹄子埋在大安森林公園裡，這裡環境不錯，人也很多。

我接著去了九把刀家裡報帳請款，順便看看他出生不久的小孩。

她是一個女生，小名叫魯拉拉，很像狗的名字。

我從來沒有看過九把刀那麼狼狽的蠢樣。

當時他正在餵魯拉拉喝奶，餵到一半，魯拉拉突然大便，九把刀趕緊抱她去洗屁股，洗完屁股後包了尿布，一包上，魯拉拉馬上又開始噴屎，九把刀只好又換了一片新的尿布。重新餵奶後，魯拉拉沒幾口就吐奶，汗流浹背的九把刀緊急幫她換衣服，一換好，魯拉拉又開始笑嘻嘻地大便，這一次還大到整個背都是賽，那麼小的身體到底怎麼產生那麼多大便眞的是很奇妙，慌亂的九把刀只好直接抓她去洗澡，洗澡洗到一半，魯拉拉又開始在浴缸裡……

我眞喜歡整死九把刀的魯拉拉。

是說，九把刀一邊手忙腳亂處理魯拉拉的大便，一邊大言不慚說他剛剛拍完的電影「月老」超好看，簡直就是好看到人神共憤。哈囉？月老？愛情電影？確定？愛情電影？九把刀把自己的人生爆炸成那樣，還有種拍愛情電影？更離譜的是，用他小說改編的電影「打噴嚏」被禁了好多年，最近還眞的要上映了。

我的天，這個世界還有天理嗎？

沒有。

我確信沒有天理。

我抽插了素子這麼多次，金毛王就幹了素子那麼一天，從蛋裡蹦出來的千古第一人妖相姦進化種，卻偏偏不是我的，是無恥下流金毛王的。哭也不改事實，笑也只能默認，就大聲承認吧！承認我王大明就是一個與不幸共存一生的可悲男人啊！

天，是不會給我道理的，道理得自己抓在拳頭裡，用力一拳往前砸出來幹。

「說得好王大明，這裡有一封信你看一下。」

滿身大汗的九把刀給了我一封讀者信。

信裡附了一張照片，瞬間讓我無限瞪大了眼睛。

我難以置信地瞪著手中的照片。

離譜，太離譜……照片裡拍到的，真的是我想像中的那個東西嗎……

九把刀抱著魯拉拉，眼神散射出極其篤定的光芒。

「解開你爸爸當年被溶解之謎的關鍵，就在你的手上！」

我是王大明。

從小在地球長大，個性溫和，爸爸被溶解，遇過許多不可能的那個，王大明。

每一個不可能，都讓我王大明厚顏無恥地撐過去。

今天，就在此時此刻，我終於遇到了這輩子最想遭遇的那一個不可能。

「爸，我來了。」

全文完　冒險未完

國家圖書館出版品預行編目資料

上課不要生小孩 / 九把刀作. --初版. --台北市：蓋亞文化，2020. 07
面； 公分. --(九把刀・小說；GS019)
ISBN 978-986-319-496-5- (平裝)

863.57 109009561

九把刀・小說 GS019

上課不要生小孩

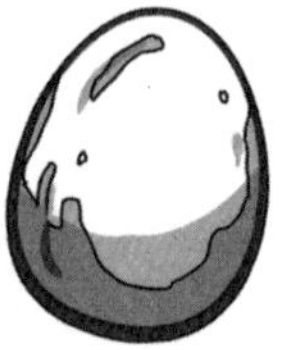

作　　者　九把刀
插　　畫　Blaze Wu
裝幀設計　Blaze Wu
總 編 輯　沈育如
發 行 人　陳常智
出 版 社　蓋亞文化有限公司
地址：台北市103大同區承德路二段75巷35號
電話：02-2558-5438　傳眞：02-2558-5439
電子信箱：gaea@gaeabooks.com.tw
投稿信箱：editor@gaeabooks.com.tw
郵撥帳號 19769541　戶名：蓋亞文化有限公司
法律顧問　宇達經貿法律事務所
總 經 銷　聯合發行股份有限公司
地址：新北市新店區寶橋路二三五巷六弄六號二樓
電話：02-2917-8022　傳眞：02-2915-6275
港澳地區　一代匯集
電話：+852-27838102　傳眞：+852-23960050
地址：九龍旺角塘尾道64號龍駒企業大廈10樓B&D室
初版一刷　2020年07月
定　　價　新台幣 280 元
Published and printed in Taiwan

ISBN 978-986-319-496-5